新潮文庫

賢者の贈りもの

O・ヘンリー傑作選 I

O・ヘンリー
小川高義訳

新潮社版

10108

目次

賢者の贈りもの

O・ヘンリー傑作選 Ⅰ

賢者の贈りもの

The Gift of the Magi

一ドル八十七セント。これだけ——。一セント玉が六十個まじっている。一度に一セント、二セントと、少しずつ貯《た》めた。乾物屋で、八百屋で、肉屋で、値切りに値切って、しみったれた客だと思われるのがわかって顔を赤らめ、やっとこれだけになった。その金をデラは三度も数えてしまった。一ドル八十七セント。もう明日はクリスマスだ。

どうにもならない。おんぼろカウチに身を投げて泣くしかない。だからデラは泣いた。こんな姿には、ふと人生論を誘うものがある。人間は、ひいひい泣いて、すすり泣いて、いくらか笑って生きるのだと思えてくる。その中では、すすり泣きの割合が大きい。

この家の主婦も、泣いていたのが徐々に静まって、すすり上げる段階に移行しようとするのだが、その間に、ざっと住まいを見ておこう。一応は家具がついて週に八ドル。言語に絶するとまでひどくはない。これでもアパートだと言えるだろう。さもないと無宿の貧民として取り締まりの対象になりかねない。

下の出入口には、どこからも手紙の来ない郵便受けがある。電気仕掛けのボタンもあるが、いくら押しても呼び鈴になってくれない。名刺を一枚貼《は》り付けてあるので「ジェームズ・ディリンガム・ヤング」が住んでいるのだとわかる。

もっと景気のよかった週給三十ドルの時代には、真ん中の「ディリンガム」も風に舞うような勢いだったが、いまでは給料が二十ドルに目減りして、「ディリンガム」の文字までも薄れ、おとなしくDの一文字のみに縮こまって謹慎したいように見えている。だが、このジェームズ・ディリンガム・ヤングが帰宅して部屋に上がれば、「ジム」と呼びかける妻がいた。これがデラという名前であることは、すでに読者も承知だろう。しっかりと抱きついてくれるのだから結構なことだ。

さて、デラは静まって、泣いた顔にパウダーをはたいた。窓際《まどぎわ》に立って、ぼんやりと外を見る。くすんだ裏庭のくすんだフェンスを、くすんだ猫が歩いていた。明日はクリスマスなのに、ジムにプレゼントを買う金が一ドル八十七セントしかない。ちまちまと何カ月も節約して、その結果がこれだ。週に二十ドルのやりくりでは余裕のあるはずがない。支出は計算外に大きかった。支出とはそういうものだ。プレゼント代になるのが、たったの一ドル八十七セント。わたしのジム――。どんなものを買ってあげようか、さんざん考えていると、それが楽しかった。すてきな掘り出しもの、ほんとうの本物。あの人に持ってもらうのに少しでもふさわしいようなもの。

この部屋の窓と窓の間に、縦長の姿見があった。といって週八ドルの安アパートにあるようなもので、ひどく幅が狭い。ほっそりした人間が器用に動いて、ひょろ長い鏡に少しずつ映ったら、どうにか自身の容姿を把握できるかもしれない。デラは細作りの女で、この芸を心得ていた。

そのデラが身をひるがえすように窓辺を離れ、鏡の前に立った。目には光がきらめいたが、二十秒もすると顔色がすっかり失《う》せていた。すばやい手の動きがあって、はらりと髪の毛をたらした。

若い夫婦には、とっておきの宝として自慢できるものが二つあった。まずジムの金時計。かつてはジムの父親のものであり、また祖父のものだった。もう一つはデラの髪だ。たとえばシバの女王が通気孔をはさんだ向かいの部屋に住んでいたとして、デラが窓の風に濡《ぬ》れ髪を乾かそうとするならば、それだけで女王の財宝も形無しになっただろう。もしソロモン王がアパートの管理人で、地下室が宝物庫になっていたとしても、通りかかるジムが金時計を出すだけで、王はくやしがって髭《ひげ》をひねったことだろう。

この美しい髪が、まるで茶色の滝のようにきらめいてデラに落ちかかった。膝下《ひざした》まで届くから、そういう着丈の服をまとったようにさえ見えたのだが、ほどなくデラはそそくさと髪をまとめ直した。つい迷いが出て立ち止まり、涙が一粒、二粒、すり減った赤いカーペットに落ちかかっている。

着古した茶色のジャケットを引っかけ、古びた茶色の帽子をかぶる。スカートの裾《すそ》をひるがえすと、目には光るものを残しながら、部屋を飛び出し、階段を降りて、街へ出た。

足を止めた店の前には、「マダム・ソフロニー　かつら・ヘア小物」という看板が出ていた。通りから駆け上がった入口で、息を整え、落ち着こうとする。出てきたマダムは、大柄で、やけに色が白く、冷たい印象があった。名前の響きとは大違いだ。

「髪を買ってもらえますか？」デラは言った。

「商売ですからね。帽子をとって、見せてもらいましょう」

さらさらと茶色の滝が落ちた。

「二十ドルね」マダムは慣れた手つきで、たっぷりした髪を持ち上げている。

「じゃ、お願いします。即金で」

さあ、それからの二時間ほどは、薔薇色《ばらいろ》の翼に乗って飛ぶような時が過ぎていった――などという捻《ひね》くりまわした譬《たと》えはどうでもよい。デラは店から店へ襲撃をかけて、ジムに贈るものをさがした。

そして、ついに見つけた。お誂《あつら》え向きだ。ジムのために作ったとしか思えない。どの店も家捜しするように見たのだが、こんなものはなかった。時計につけるプラチナの鎖で、すっきりした清楚《せいそ》なデザインが好ましい。飾り立てるのではなく、素材の良さを生かすところに価値がある。上等のものはそのようにできている。あの時計につけても見劣りはしないだろう。見た瞬間、これだと思った。これほどジムに似つかわしいものはない。落ち着いた良さ。ジムと同じだ。売値は二十一ドルだというので、デラは八十七セントを余らせて急ぎ帰った。この鎖がついた時計なら、ジムも人前で遠慮なく見られよう。いままでは時計が立派であるだけに、おんぼろの革紐《かわひも》を気にして、こっそり目を走らせたりしていた。

家に着くと、いくらか酔いがさめたように、あとさきの考えが出た。カール用の鏝《こて》を取り出し、ガスの火であたためて、愛の散財がもたらした荒廃の修復作業にとりかかる。これは生易しいことではない――。いやはや、とんでもない大事業なのである。

それから四十分もたったろうか、デラの頭全体に、くるくると小さく巻いたカールがへばりついていた。ずる休みした学童のようでもあるのが傑作だ。この顔を鏡に映して、何なのよと思いながら、しげしげと見ていた。

「一目見るなり殺される、なんてことはないとしても、それじゃコニーアイランドのコーラスガールだ、なんてことは言われそう。でも、しょうがないじゃない。一ドル八十七セントじゃ、どうしようもないのよ」

七時にはコーヒーの支度ができて、フライパンが充分にあたたまり、いつでも肉に火を通せるようになっていた。

ジムは帰りを遅らせることがない。デラは時計の鎖を二重にたたんで手におさめ、ジムが来るはずのドアに近づいて、テーブルの角にちょこんと腰を掛けていた。そのうちに、ことり、と階段を上がりかける靴の音がして、デラは一瞬血の気が引いた。いつも単純きわまりない日常のことについて、つい心の中で祈るという癖がある。このときは小さく口に出た。「神様、これでも可愛《かわい》い女だと思われますように」

ドアがあいて、ジムが入ってドアを閉めた。痩《や》せぎすで、ちっとも浮ついたところのない男だ。まだ二十二だというのに所帯の苦労を背負っていて、くたびれたコートを着たまま手袋もなしに歩いていた。

入ってきたジムは、鶉《うずら》の匂《にお》いに気づいた猟犬のように、ぴたりと静止した。視線は間違いなくデラに合っているのだが、その目の表情が読めないだけにこわかった。怒った、驚いた、気に入らない、ぞっとする、というようなデラが覚悟していた反応とは別の気持ちがあるらしい。おかしな顔をして、じっと見つめてくるだけなのだ。

デラは腰をよじるようにテーブルを離れて、夫を迎えた。

「もう、ジム、そんな顔しないで。たしかに髪を切って売ったわ。あなたに何もあげられないクリスマスなんて、絶対いやだったから。でも、また髪は伸びてくるのよ――だから、そんなにいやじゃないわよね？　ほかに仕方なかったんだもの。あたし、髪が伸びるのは速いの。だから、メリークリスマスって言って、楽しくなって！　あのね、すてきな――すごくすてきなプレゼントがあるの」

「髪を、切ったのか？」ジムは言葉を絞り出した。気力を振り絞って考えて、なお出てきた結論に納得できないというようだ。

「切って売ったの。これだって悪くないでしょ？　髪を切っても、あたしはあたし。そうよね？」

ジムはさぐるように見まわした。

「もう髪の毛はない？」と、ぼんやりした顔になる。

「いくら見たって、ないものはないわ。売っちゃった。だからないのよ。もう、いいじゃない、クリスマスイヴなんだから。あなたのためを思ってしたことなの。大丈夫よ、よく言うじゃない、神様は髪の本数までお見通し」ここでデラはむきになって甘いことを言った。「でも、あたしの愛は数字じゃないの。じゃ、そろそろお肉を焼きましょうか」

するとで、呆然《ぼうぜん》としていたジムが、われに返るようだった。愛妻をひしと抱きしめる。

というところで、われわれは十秒ほど別方面に目をそらし、ある小さな考察をするとしよう。週に八ドル、一年に百万ドル――。どこが違っているのかいないのか？　数学や才覚で考えると間違った答えしか出てこない。東方の三博士が幼子イエスにもたらした贈りものに、そんな答えはなかったろう。わけのわからぬ議論だと思われそうだが、あとで種明かしをすることになる。

ジムはコートのポケットから小さな包みを取り出して、ぽんとテーブルに置いた。

「どういう男だと思ってるんだ。髪を切ろうが、剃《そ》ろうが、洗おうが、可愛い奥さんには違いないじゃないか。でも、そいつを開ければ、いま僕がおかしくなったわけもわかるだろうな」

白い指先がささっと動いて、紐と紙を引きはがした。きゃっと大喜びの声があがったが、ああ、何たることか、すぐに女らしく取り乱したデラが、おおいに泣きわめくことになったので、一家の長たる者は事態収拾のために全力で慰める必要に迫られた。

それと言うのも、出てきたものが櫛《くし》のセットだったからだ。横の髪、うしろの髪に挿せる櫛がそろっている。ブロードウェーの店のウィンドーにあるのをデラが以前から拝むように見ていた。純正な鼈甲《べっこう》に宝石をあしらった簪《かんざし》のような美品である。デラの髪に挿したら、ぴたりと似合ったことだろう。もちろん値の張るものだとわかっているから、いままでのデラは心の中で恋い焦《こ》がれるしかなく、まさか自分のものになるとは思っていなかった。それが今ここにある。しかし、この憧《あこが》れの髪飾りを飾るべき豊かな髪が、もう失せていた。

デラは、これを抱きしめるように胸に押し当ててしまったが、ようやく涙に曇る目を上げて、うっすらと笑みを浮かべ、口がきけるようになった。「あたし、髪が伸びるの速いから」

するとデラは小猫が火傷《やけど》したように飛び上がり、「あ、そうよ、そう！」と叫んだ。まだジムにはプレゼントを見せていなかった。手のひらに載せて、よく見えるように差し出す。鈍く光るプラチナが、燃え立つ女心を受けてきらりと輝きを増したようだ。

「おしゃれでしょ。さがしまわって、やっと見つけたの。これでもう一日に百回でも時間を見てよね。さ、時計を出して。早くつけてみたいわ」

だがジムはカウチにどっかり坐《すわ》り込むだけだった。両手を首のうしろへ宛《あて》がって、にやりと笑う。

「デラ、どっちのプレゼントも、当分しまっておこうよ。すぐ使うなんて、もったいない。あの時計は売っちゃった。櫛を買いたかったからね。さてと、肉を焼いてもらおうかな」

東方の三博士というのは、ご存じのとおり、みごとな賢者なのだった。飼い葉桶《おけ》に寝かされた赤ん坊のイエスに、たっぷりと贈りものを運んできた。いわばクリスマスプレゼントの元祖である。賢い三人が贈ったのだから、さぞ賢いものだったろう。もし同じ品が来てしまったらお取り替え、というサービスだって、まあ、なかったとは言えない。ともあれ、つたない語りだったが、こうして若い二人の話をお聞かせした。どうということもないアパート住まいにあった大事な宝を、すれ違って犠牲にするという、ちっとも賢くないことをしたのである。しかし最後に、今の世の賢い方々に言っておく。およそ贈りものをする人間の中で、この二人こそが賢かった。贈りものを取り交わすなら、こうする者が賢いのだ。どこの土地でも、こういう者が賢い。これをもって賢者という。

春はアラカルト

Spring à la Carte

三月のある日のことだった。

いやいや、もし物語を書こうとするなら、こんな書き出しは、絶対に、何が何でも、よろしくない。最悪の導入としか言いようがない。まるで芸がなく、平板、無味乾燥、すかすかな字句をならべただけになりかねない。しかし今回ばかりは可としよう。本来なら次の段落から話を始めてもよかったのだが、あまりに突拍子もない珍事を、いきなり読者の眼前につきつけるわけにもいくまい。すなわち——

セアラはメニューを見ながら泣いているのだった。

どういうことだ。ニューヨークの若い娘が献立表を相手に涙を流している！

あれこれ理屈をつけようとすればできないこともない。たとえばロブスターを食べたいのに品切れだ、あるいは四旬節の期間にはアイスクリームを断つと誓ってしまった、タマネギを注文しただけだ、ハケットが出演した昼の芝居を見てきた——。などという仮説はすべて間違いだとして、物語を進めさせていただく。

この世は牡蠣《かき》のようなもの、剣で突つけば開けられる、と言い放つ人士も芝居には出てきて、これは脇役《わきやく》の台詞《せりふ》ながらも意外な名文句になっている。なるほど牡蠣ならば剣で突くこともできよう。では、もし世界が貝であるとして、それをタイプライターで開けた人はいるだろうか。そんなことで一ダースほども口を開けるまで、のんびり待っていたいだろうか。

この武器としては使い勝手の悪いものをたたいてセアラは奮闘し、ぴたりと閉じた貝をこじ開けて、じっとり冷えた世間の味をほんの一齧《ひとかじ》りするまでには行っていた。セアラは速記ができない。いや、たとえビジネス学校を修了しても、いきなり社会に出て使い物にはなるまいが、ともかくセアラには速記という芸がないので、オフィスで才能を発揮して輝ける星となることはできなかった。臨時雇いのタイピストとして、文書を複写する仕事をもらって暮らしている。

女ながらに世界と切り結んで天晴《あっぱ》れな殊勲を打ち立てたとすれば、シューレンバーグ・ホーム・レストランとの契約だろう。セアラが廊下の突き当たりに部屋を借りている古い赤レンガの建物のすぐ隣の店である。ある日、五品で四十セントの夕定食（人形の頭に野球のボールを五個ぶつける的当てゲームのような速さで出てくる）をすませたセアラは、この店のメニューを持ち帰った。英語ともドイツ語ともつかない、ほとんど判読不能の文書である。書いてある順序もでたらめなので、うっかりすると爪楊枝《つまようじ》とライスプディングで食事を始め、スープと曜日の名前で食べ終わることになるかもしれない。

次の日にセアラは清書したメニューを持っていった。きれいにタイプ印字されている。食事の品目が見とれるような隊伍《たいご》を組んで、「オードブル」から「外套《がいとう》と傘はお預かりできません」にいたるまで整ったお品書きになっていた。

この瞬間、店主のシューレンバーグは、アメリカという土地に根をおろしたのだと言える。セアラが店を出るまでには、すっかりその気になって、ある合意に達していた。つまり、店内にある二十一席に、セアラがメニューをタイプして供することになった。夕食は日替わりでメニューを更新する。朝食と昼食については、料理に変更がある場合またはメニューが薄汚れた場合に取り替える。

その対価としてシューレンバーグは一日三度の食事を――なるべく低姿勢のウエーターに――届けさせることにした。また、午後には鉛筆書きの原稿も持って行かせている。それで翌日の客が何を食べるかという運命が決まった。

この合意には双方が納得して喜んでいた。店に来る客は、何を食べさせられているのかわからないことはあっても、何という名前のものを食べているのかはわかるようになった。セアラは寒さの厳しい季節でも食事が来るのを待っていればよい。これが大事なことだった。

そして暦の上では春になったが、そんなものは嘘《うそ》である。春が来なければ春ではない。一月に降った雪は、かたくなに街路にしがみついたままだ。手回しのオルガンが「グッド・オールド・サマータイム」を、いまなお十二月のように元気に鳴らす。復活祭に着る衣服を買おうとして三十日期限の手形が振り出される。建物の管理人はスチームを切る。というようなことがあって、まだまだ町は冷たい冬の手につかまれていることがわかるのだ。

ある日の午後、セアラは突き当たりの部屋でふるえていた。「暖房あり、清潔至極、設備充実、乞《こう》御高覧」という結構な部屋だ。いまのセアラはメニューのほかに仕事がない。ぎいぎいと鳴る柳細工のロッキングチェアに坐《すわ》って、窓の外を見た。壁に掛けたカレンダーが叫びを上げている。「もう春だよ、セアラ——春が来たってば。ほら、この数字だ、見ればわかるだろう。見ればわかるのは君だって同じ。いい女じゃないか。春らしい女っぷりだ。なんでまた悲しそうに窓の外なんて見てるんだ?」

この部屋は建物の奥にある。窓から裏手を見れば、箱を作る工場の裏側で、レンガの壁に窓もない。だが、その壁が澄みきった水晶のようである。セアラの目には草の茂る小道が見えている。桜や楡《にれ》が木陰をなして、道端にラズベリーやチェロキーローズが続く道だ。

ほんとうに春に先駆けてその到来を告げるものは、人間の目や耳ではとらえきれない。とくに鈍感な人間であれば、クロッカスの花が咲いたり、ハナミズキが星を散らすように森を飾ったり、ブルーバードの啼《な》く声が聞こえたりしなければ――あるいはソバ粉のパンケーキやら牡蠣やらがお別れの握手をして季節はずれになっていくような露骨な現象を見ないかぎりは、若草色に装《よそお》う春を胸に迎えることはできまい。だが大地と身内同然に親しくしてもらっているならば、大地の新妻となる春からもやさしい便りがするりと届けられる。こちらさえその気なら継子《ままこ》扱いされることはないようだ。

前年の夏、セアラは田舎へ出かけて、ある農夫と恋をした。

(物語を書くのなら、こうして過去へさかのぼることをしてはいけない。作家の芸として粗悪であり、読者の興味を損ねる。物語は前へ前へと進めるものだ)

セアラは二週間ほどサニーブルック農場なるところに泊まっていた。ここでフランクリンという農家の息子でウォルターという青年と知り合って恋をした。農家の暮らしで二週間もあれば、さっさと恋愛から結婚にいたって、また農地へ出ていくものだろう。だがウォルター・フランクリンは現代の農業青年である。牛舎に電話を引いている。来年のカナダ小麦の出来により、月のない時期に植えたジャガイモにいかなる影響が出るか、きっちりと見込みをつけられる。

このウォルターが彼女の心をつかまえたのが、ラズベリーのある木陰の道だった。二人で坐ってタンポポの冠を編み、彼女の髪を飾っている。たっぷりした茶色の髪に黄色い花がよく似合うということを、遠慮も照れもなく口にした。彼女は花の冠をかぶったまま、麦わら帽子を手に持ってぶらぶら揺らしながら帰った。

春になったら結婚しようと言い合った。まっさきに来る春の兆《きざ》しがあったなら、と言われてセアラは都会へタイプライターをたたきに戻ったのだった。

ドアにノックの音がして、うれしかった日の思い出がセアラの眼前から消えた。ウエーターが翌日のメニューの下書きを持ってきたのだ。シューレンバーグの角張った字が鉛筆で書かれている。

セアラはタイプライターの前に坐って用紙をセットした。手先は器用である。いつもなら一時間半もあれば、二十一枚のメニューを仕上げられる。

きょうは変更点が多かった。スープはあっさりした傾向だ。ポークが主菜からは抹消されて、蕪《かぶ》を添えたローストとして残るだけになった。つい最近まで草萌《も》える斜面を駆けていた小羊は、命を賭《か》ける用事に駆られてケッパーソースをかけられる。しかし牡蠣の歌声は、いまだ沈黙にはいたらずとも、徐々に惜しまれつつ消えていく。フライパンは、焼き網が働いているおかげで、封じ込められたようにおとなしい。パイの種類がぐんと増えて、濃厚なプディングは姿を消した。すっぽり衣にくるまれたソーセージは、ソバ粉のパンケーキや、甘美にして滅びる運命のメープルシロップとともに、死を思う愉悦の領域にかろうじて踏みとどまっていた。

セアラの指は夏の小川に飛ぶ虫のように舞った。食事の流れに沿ってすいすい進み、どの料理にも名前の長さを見ながら適確な位置を決めている。

デザートの手前に野菜料理の欄が来た。ニンジンとエンドウ豆、トーストに載せたアスパラガス、かの定番でトマトとコーンの炒《いた》め煮、ライマメ、キャベツ──そして──

セアラはメニューを見ながら泣いているのだった。かいなき涙が言い知らぬ心の淵より湧《わ》いて、胸にせき上げ目にあふれる。うつむく顔が小型のタイプライター台に寄っていき、しくしく泣く声にキーボードの音が乾いた伴奏をつけた。

このところ二週間、ウォルターからの便りがなかった。それなのにメニューにはタンポポが出てきて──タンポポに卵をどうにかするような──ああ、もう卵なんてどうでもいい、それよりタンポポ──あの金色の花を冠にして、ウォルターが未来の花嫁になる女王様だと言ってかぶせてくれた——まっさきに春を告げるはずのタンポポだというのに、心の痛みに悲しい冠をかぶせたようで、あんなに幸せな日があったのにと思わせるだけ。

いや、お笑い召さるな。ご自身が心を捧《ささ》げた思い出の夜に、たとえば大輪の黄色いバラをもらったとしよう。それがシューレンバーグの定食メニューに載って、フレンチドレッシングでもかけて出されるのを目《ま》の当たりにしたならば、おちおち笑ってはおられまい。かのジュリエットだって、もしロミオとの愛の記念がむしゃむしゃ食われてしまったら、もう迷うことなく、すべてを忘れる薬がほしいと修道士に求めたことだろう。

だが、それにしても、春というものは何たる魔法を使うことか！　石と鉄でできた冷たい大都会にも、メッセージを送らずにはいない。その役目を担《にな》うのは、あの緑色の普段着で謙虚な風采《ふうさい》をしている小さくて丈夫な配達人。まさに勇敢な先兵。フレンチのシェフがライオンの歯——ダン・デ・リオン——と称するタンポポが、花を咲かせては花輪となって、恋人の愛の語らいの援軍となり栗色《くりいろ》の髪を飾る。いまだ花を咲かせていなくとも、煮立った鍋《なべ》に身を挺《てい》して春の女王の言葉を伝える。

ほどなくセアラは涙を押し戻していた。仕上げるものは仕上げないといけない。だが、タンポポの夢にあった淡い黄金色の光が消えやらず、しばらくは指だけがぼんやりとタイプライターをたたいていた。女心は若い農夫がいた牧場の小道に飛んでいる。どうにか気を取り直して、石で固めたマンハッタンの街に立ち帰り、ふたたびタイプライターがスト破りの自動車のようにぱたぱたと跳ねた。

六時にウエーターが夕食を届けに来て、印字したメニューを持ち帰った。料理の中にはタンポポを使ったものがあったが、それだけは取りのけて食べなかった。溜息《ためいき》が出た。どんと卵をのせられている。もとは愛を運ぶ明るい花だったものが、こんなに黒ずんで情けない野菜になり果てて、セアラの夏の日の望みもまた萎《しお》れて枯れた。恋愛はみずからを栄養源にできるとか何とかシェークスピアは言っているが、セアラはタンポポを口にすることができなかった。初めてほんとうの恋をした心の宴《うたげ》を飾った花だ。いま食べる気にはなれない。

七時半。隣室で夫婦喧嘩《げんか》が始まった。上の部屋の男はフルートを吹いてラの音をさがしている。ガス灯が下火になった。石炭の運搬車が三台、荷下ろしを始めた。この音には蓄音機も顔負けだ。裏のフェンスにいた猫どもが、奉天会戦のように、じりじりと撤退を開始した。ということは、そろそろセアラが本を読む頃合いだ。『僧院と家庭』すなわち今月の売れない順で第一位の本を取り出し、トランクに両足とも投げ出して、物語の世界を放浪した。

戸口のベルが鳴った。家主が出たようだ。読みかけの本の中では熊《くま》に追い詰められた二人が木の上にいる場面だったが、そんなものは中途にしてセアラは耳をすませた。さもありなん、としか言えまい。

しっかりした声の主が玄関へ入ってきた。セアラはすっ飛んでいった。第一ラウンドは熊の優勢勝ちらしいがどうでもよい。もう本などは放り出す。

そう、お察しのとおりだ。階段の上まで行ったら、下から一歩で三段ずつ駆け上がってくる農夫がいて、すぐに彼女の取り入れをした。もう落ち穂拾いの出る幕がないほどに収穫しつくして抱きしめた。

「どうして？　手紙くらい書いてくれてもよかったのに」セアラは声を上げている。

「ニューヨークはでっかい町だ」ウォルター・フランクリンが言った。「一週間前に訪ねていったんだよ。そうしたら引っ越したって言われた。でも、いつぞやの木曜日だって聞いたんで、じゃあ、どう考えても十三日の金曜日にはなりっこないと思って、ちょっとは安心した。だけども、あれから警察へも行ったりして、さんざん探したんだ」

「あたし、手紙に書いたわ！」セアラは必死になって言った。

「いや、届いてない！」

「じゃ、どうしてここがわかったの？」

若い農夫の顔に、春らしい笑みが浮いた。

「今夜ぶらっと入ったのがすぐ隣のレストランで、おれは誰が何と言っても、この季節の青物が好きだから、そういうのは何かないかと思って、きれいな印字のメニューを見ていった。キャベツの下まで行ったら、もう椅子《いす》をひっくり返して、店の親父《おやじ》に、ちょっと来てくれっ、と叫んでいた。それでこの家を教わったんだ」

「ああ、そう言えば」セアラはうれしい溜め息をついた。「キャベツの下はタンポポだった」

「Wの大文字に癖があるからすぐわかる。だいぶ上に飛び出してるな。おまえのタイプライターはいつもそうなる」

「え、タンポポにWの字はないのに」セアラはきょとんとしている。

若い男はポケットに入れてきたメニューを出して、ある一行に指をあてた。

午後から打った一枚目のメニューだった。右上の隅に、涙が一粒落ちてじんわりにじんだ跡があった。だが、あの草花の名前があってしかるべきところには、消えやらぬ黄金色の花の記憶がセアラの指におかしなキーを打たせたのだった。

赤キャベツと肉詰めピーマンに挟まれて、こんな一品が出ていた。

「大好きなウォルター、ゆで卵添え」

ハーグレーヴズの一人二役

The Duplicity of Hargraves

ペンドルトン・トールボット少佐はアラバマ州モビールの人だったが、お嬢さんのリディアと二人でワシントンへ出て、間借りの暮らしをすることにした家は、ごく閑静な通りから五十ヤードも引っ込んで建っていた。ずいぶんと古風なレンガ造りで、玄関ポーチの屋根を大きな白い柱が支えているという建物だ。庭に木陰を落とすのは堂々たるハリエンジュや楡《にれ》の木だが、ハナキササゲも一本あって、季節になると薄赤の混じった白い花が芝の上に降りそそぐ。外構えや通路沿いには、高さのある柘植《つげ》がならんでいた。まるで南部のような佇《たたず》まいだということで、トールボット父娘《おやこ》はおおいに目を楽しませた。

この心地よい下宿屋に居を定め、借りた部屋の中にはトールボット少佐が書斎として使う一室もあった。じつは回顧録を書いていて、もう少しで完成というところまで来ている。題して『アラバマの軍人、裁判官、弁護士をめぐる逸話と追想』。

トールボット少佐は根っからの古い南部人だった。いまの世の中はおもしろくない。どこがよいのかとしか見ていない。いまも少佐の心は南北戦争前の時代に生きていた。

その昔には綿花畑が何千エーカーもあって、畑で働く黒人がいた。壮大な邸宅は優雅な饗応《きょうおう》の場であって、南部の上流人士が客として集まったものである。そういう時代の自尊心、名誉心を、そっくりそのまま持ち越している。やかましいほどに時代がかって礼儀正しい。そして衣装までも前代から持ち越したようなものなのだ（もし見れば、そう思うことだろう）。

こんな衣装が作られなくなって、かれこれ五十年はたつに違いない。少佐は上背のある人だけれども、本人がお辞儀だと思っている仰々しい儀礼を執り行なえば、フロックコートの裾《すそ》は確実に床にこすれる。ワシントンという土地柄では、南部選出の議員が装《よそお》うフロックコート、つばの広い帽子には、いまさら恐れ入るまでもないのだが、そんなワシントンの人々も少佐が着るものには驚いていた。ある下宿人は「ファーザー・ハバード」という呼称を呈している。たしかに女物の「マザー・ハバード」と似たような、腰高で、その腰から下がだぶだぶのガウンという印象がなくもなかった。

しかし、これだけ奇妙な服を着て、また幾重にも布地の重なるシャツの胸をむやみに広く見せていて、小さめの黒いストリングタイは蝶結《ちょうむす》びがどっちかに傾いているというのに、ヴァーデマン夫人の格調ある下宿屋へ来た少佐は、笑顔で迎えられ、好感をもって遇された。デパートの店員をしている若い下宿人の中には、洒落で聞いてやろうということで、少佐にとっては汲《く》めども尽きぬ愛着のある物語を、わざと言わせる輩《やから》がいた。なつかしき南部の昔話をさせるのだ。そうなれば話のついでに『逸話と追想』からの引用がふんだんに持ち出された。若い者はふざけていることを気取られないように用心する。いくら少佐が六十八歳になったとはいえ、その射すくめるような灰色の目で見据えられたら、どれだけ図太い若者でもたじろがないわけにいかない。

ミス・リディアはぽっちゃりした小柄な人だ。独身のまま三十五歳になった。すっきり引いた髪をきゅっと結んでいるせいで、もっと年上に見える。また古風でもある。とはいえ少佐のように昔の南部の輝きを残しているわけではなく、ちまちまと節約する健全な精神を持ち合わせているので、この人が家計を預かって、請求書が来れば一人で対処していた。少佐は食費でも洗濯代でも小うるさい雑事としか思っていない。いちいち煩《わずら》わしいだけなので、そのうち都合のよいときにまとめて払うことはできないのか、たとえば『逸話と追想』が刊行されて版元からの収入があってからでよかろう、と言っていた。だがミス・リディアは平然として縫い物の手を止めることがなかった。「手元に貯《たくわ》えのあるうちは少しずつお支払いいたしましょう。いずれは後払いに応じていただかねばなりませんね」

ヴァーデマン夫人を家主とする下宿人は、その大半が昼間は仕事で出かけていた。

デパートやら会社やらに勤めている。だが一人だけ、よく朝から晩までぶらぶらしている男がいた。まだ若い。名前はヘンリー・ホプキンズ・ハーグレーヴズといって、この家ではフルネームで呼ばれている。昨今はやりの軽演劇で役者をしているらしい。この数年、軽演劇もだいぶ地位が上がってきた。またハーグレーヴズが礼儀をわきまえた人物であったこともあり、ヴァーデマン夫人としても下宿人に加えることに否《いな》やはなかった。

劇団では芸達者なコメディアンだと思われていた。さまざまに訛《なま》った言葉をあやつって、ドイツ人でも、アイルランド人でも、スウェーデン人でも、また顔を黒く塗った扮装《ふんそう》の役どころでも器用に演じて楽しませる。ただ本人はなかなかに野心家で、いつかきっと正統派の喜劇俳優になるのだと言っていた。

この若い男が、トールボット少佐にすっかり入れ込んだようだった。南部の紳士が昔を思い出したり、お得意の逸話を語ったりすると、ちゃんとハーグレーヴズが来て聞いている。きわめて熱心に耳を傾けているのだった。

初めのうち少佐は「たかが芝居者」と内心では思っている男を遠ざけようとする気味があった。しかし如才のない男だし、昔話を心底おもしろがっているのは間違いないので、まもなく老紳士は文句なしに好感を抱くようになった。

さしたる時間もかからずに二人は昔なじみも同然に親しくなった。少佐は午後の日課のつもりで原稿を読み聞かせている。ハーグレーヴズもまた、ここぞというところで、ちゃんと笑って反応する。ついに少佐は、あのハーグレーヴズは若いながらに物わかりがよく、古い時代に敬意を失わないのが感心である、と娘のリディアに語るまでになった。そういう昔の話となると——もし少佐がその気になって話しだせば、いつも聞き惚《ほ》れた顔のハーグレーヴズがいた。

老人というものは、過去を語ろうとすると、細かなことまで洩《も》らすまいとする。ありし日の、ほとんど王国のようでさえあった大農園の暮らしを述べようとして、少佐は馬の口をとった黒人の名前や、ありきたりな出来事の正確な日付や、その年に収穫された綿花の総量を思い出さないことには、先へ進みたくないようだった。それでもハーグレーヴズは飽きもせず、じっと耳を傾けていた。それどころか当時の生活ぶりに関連して、自分からさまざまな問いを発することがあり、そのたびに待ってましたとばかりの答えが引き出されていた。

狐狩《きつねが》り、オポッサム肉の夕食、黒人居住区のにぎやかな踊りやお祭り騒ぎ、五十マイル四方に招待状を発して行なわれる広間での饗宴。ときとして発生する近隣の名家同士の争い。のちにサウスカロライナのスウェイト家に嫁いだキティ・チャーマーズをめぐる少佐自身のラスボーン・カルバートソンとの決闘。ものすごい賞金を賭《か》けて遊ぶモビール湾でのヨットレース。昔の奴隷《どれい》たちの迷信、奇癖、忠誠心。といったようなすべてが少佐とハーグレーヴズを何時間でも夢中にさせる話題になっていた。

この若い男が劇場での出番を終えて帰り、自室への階段を上がろうとする夜に、少佐は書斎としている部屋を出て、ちょっと寄らんかという顔で招くことがあった。ハーグレーヴズが中に入ると、小ぶりなテーブルに、デカンタの酒、砂糖壺《さとうつぼ》、果実、青々としたミントの大束が用意されている。

「ふと思いついたのでね」と少佐が語りだす。あいかわらず言うことは大げさだ。「きみも本日の勤めを、その芝居――いや職務遂行の場において果たすべく、おおいに奮励したことであろうから、このへんで一息入れてもらって、詩人が〈疲れたる自然を癒《い》やして甘美なる〉と謳《うた》ったとしてもおかしくないものを、一献差し上げようかと思う。わが南部のジュレップなどいかがだろうか」

この清涼な一杯を仕上げる妙技を見ていると、ハーグレーヴズは陶然となって引き込まれた。これはもう芸術の域に達している。なじんだ製法を変えることはない。ミントの葉をそっと突き崩す手つき、材料の割合を決める勘の冴《さ》え、濃い緑の葉にぽつんと赤い実を添える芸の細かさ。そして出来上がったカップに上質なオート麦のストローをつつっと落とし入れてから客に勧める、水際立《みずぎわだ》った主人ぶり！

　さて、ワシントンへ出てから四カ月となった朝のこと、ついにミス・リディアは手持ちの金が尽きそうだと考えざるを得なくなった。『逸話と追想』の原稿は完成していたが、アラバマの精神と機知を伝える珠玉の文章だというのに、いまだ出版社は飛びついてこない。モビールの町にはわずかに残った家作もあるが、来るはずの家賃が二月も滞っていた。この下宿の食費の支払日は、あと三日に迫っている。ミス・リディアは父親と相談することにした。

「金がない？」少佐は心外だという顔をする。「細かい勘定のことで逐一煩わされるのも業腹《ごうはら》だ。まったく――」

　少佐はポケットをさぐった。出てきたのは二ドル札が一枚だけだ。これはチョッキのポケットに戻した。

「さっそく手を打たねばならんな。傘をとってくれんか。いまから町へ出る。このあいだフルガム将軍とお会いしたら、地元選出の下院議員として、早く出版できるように口をきいてくださることになった。あれからどうなったのか、お泊まりのホテルへ行って聞いてみる」

　悲しげな笑みを浮かべて、ミス・リディアは父を見送った。あの「ファーザー・ハバード」と呼ばれた服のボタンをかけた少佐は、いつものように戸口で立ち止まり、深々と一礼をして出かけていった。

この日、もう夕暮れになって少佐が帰った。どうやら原稿を渡しておいた出版業者にフルガム将軍が会ったことまでは確からしい。ところが業者は、この逸話というか何というかそんなものに手を入れて半分ほどに刈り込めば、という条件を出したようだ。全体に地域と階級について偏《かたよ》った観点が染《し》みついている本なので、そういうところを減らしたら刊行を考えないこともない。

そうと聞いて白熱せんばかりに憤《いきどお》った少佐だったが、この人物の行動基準として、娘の前では平静を取り戻している。

「どうにか工面しないと」ミス・リディアが眉根《まゆね》に皺《しわ》を寄せた。「さっき二ドルありましたね。あれで今夜にでもラルフ叔父さまに電報を打ちます。いくらかお願いするとしましょう」

少佐がチョッキのポケットから出したのは、小さな封筒だった。ぽんとテーブルの上に置いている。

「いささか無謀だったかもしれんが」少佐はやわらかい口をきいた。「あれだけの金額ではどうしようもないと思って、今夜の芝居のチケットを二枚買ってしまった。新

作の戦争物だそうだ。ワシントンでは初演だというので、リディアも見てみたいので
はないかと思ってな。南部を悪者あつかいしていないとも聞いて、それなら自分でも
見ておきたいというのが偽らざる心境だ」
万事休す。リディアは黙ってお手上げのしぐさを見せた。
しかし買ってしまったものは使わなければもったいない。というわけで、この夜は
父と娘が劇場に着席して、にぎやかな序曲が始まった。ミス・リディアでさえ、こう
なったら現実の悩みはしばらく二の次にしてしまおうという気になった。少佐が着る
リネン地のシャツには一点の染みもなく、このシャツばかりが大きく目立って、あの
風変わりなフロックコートはきっちりボタンを掛けた箇所しか目につかない。白髪は
きれいに撫《な》でつけられていた。みごとな押し出しである。いよいよ幕が上がって、
『マグノリアの花』第一幕は、いかにも南部らしいプランテーションの場面から始ま
った。トールボット少佐もつい釣り込まれたようである。
「まあ、これ！」と思わず叫んだミス・リディアが、父の腕を突ついて、プログラム
を指さしていた。
少佐は眼鏡をかけて、娘の指先が向いている出演者一覧の文字を読んだ。
ウェブスター・キャルフーン大佐……H・ホプキンズ・ハーグレーヴズ

「下宿にいるハーグレーヴズさんじゃないの」ミス・リディアは言った。「ようやく、正統派のお芝居に出られたんですのね。おめでたいことだわ」

第一幕にウェブスター・キャルフーン大佐の出番はなかった。ようやく第二幕で舞台に出ると、客席のトールボット少佐は憚《はばか》ることなく、ふん、と鼻を鳴らし、舞台の大佐をにらみつけて、凍りついたように強《こわ》ばった。ミス・リディアは小さく意味不明な叫びを発して、手にしたプログラムをぐしゃっと握りしめた。キャルフーン大佐の扮装は、瓜二《うりふた》つとも言うべくトールボット少佐にそっくりだったのである。ふわりと長い髪が毛先で丸まっていて、高貴な鳥の嘴《くちばし》のような鼻をして、大きくはだけた胸にシャツが波打って、ストリングタイの蝶結びが耳の下のほうまで寄っていて、もはや精巧な複製としか言いようがない域にある。さらに、この模倣の決め手ともいうべきは、唯一《ゆいいつ》無二かと思われた少佐のフロックコートと同じものが着用されていたことである。高い襟《えり》がついて、全体にだぶだぶで、きわめて腰高で、たっぷり長い裾の前半分がうしろよりも一フィートは余分に垂れ下がっている。同一の型紙で仕立てたとしてもおかしくない代物《しろもの》だ。ここからの少佐とミス・リディアは魅入られたように動かなくなり、気位の高いトールボットもどきの贋作《がんさく》を、あとで少佐の言った言葉では「延々と」見せられて、「でたらめな三文芝居による悪意と中傷の泥沼の中を引きずられた」のだった。

ハーグレーヴズの役作りは、みごとなものだったと言えよう。少佐のちょっとした口癖、声音、大仰な貴族趣味をとらえて——もちろん芝居である以上、誇張した演出は付きものとして——完璧《かんぺき》に演じきっていた。数ある儀礼行為の中でも最上のものと少佐が自負している、あの驚異のお辞儀を見せたときは、客席をどっと沸かせる大受けとなった。

ミス・リディアは、父の顔を見るに忍びず、身じろぎ一つしなかった。しかし父親の側の手を動かし、自分の頬に当てている、ということがなかったわけではない。けしからん芝居だと思いながらも、つい顔がゆるんでしまうのを隠したかったのでもあろうか。

ハーグレーヴズの大胆な模写の芸は、第三幕で頂点に達した。キャルフーン大佐が近隣の農園主をわずかな人数だけ招いて、「奥の間」と称する自室でもてなす場面である。

舞台中央にテーブルがあって親しい友人が立ちならび、ここで大佐の大佐たる所以《ゆえん》となるような一人語りの長台詞《ながぜりふ》を発して、これが劇中の名場面となっている。しゃべりながら大佐は器用な手つきでジュレップを供するのでもあった。

トールボット少佐はおとなしく坐《すわ》っていながらも怒りで蒼白《そうはく》となり、自身が得意とする話が語り直され、とっておきの持論や趣向が述べ立てられ、『逸話と追想』に込めた夢が都合よく引き延ばされ、ねじ曲げられるのを聞いていた。あの十八番の演目というべき物語——ラスボーン・カルバートソンとの決闘の段——も省かれることはなく、本物をさえ上回って、情熱を火と燃やし、旺盛《おうせい》な自意識をあらわにして、滔々《とうとう》と弁じられていた。

長い台詞の締めくくりに、ジュレップの製法にまつわる蘊蓄《うんちく》が語られた。ほかでは聞けない耳寄りな洒落《しゃれ》た話が、実演つきで披露されたのだった。ここではトールボット少佐の秘伝とするようでいて人に見せたくもある技法が——香料にするミントの取り扱い、すなわち「たとえ千分の一グレインでも余分な力を入れたら、この天来の香草から香りではなくて苦味を引き出すのみとなる」という教えから、こだわり抜いたオート麦由来のストローを使うところまで——まず寸分の隙《すき》もなく再現されていた。

この場面が終わって、客席は割れんばかりの大喝采《だいかっさい》となった。これだけ精密に、確実に、徹底して役柄を描き出したとあっては、脇役《わきやく》ながら主役を食ってしまった。何度もカーテンコールに呼び出され、お辞儀を繰り返していたハーグレーヴズは、いくぶんか童顔の顔立ちを紅潮させて、上々の出来となった感触を得ていた。

ようやくミス・リディアが少佐に顔を向けた。少佐は肉の薄い鼻の穴を、魚のえらのように動かしていた。ふるえる両手を椅子《いす》の肘掛《ひじか》けに乗せて立とうとする。

「帰るぞ、リディア」と喉《のど》を詰まらせたように言った。「おぞましい……冒瀆《ぼうとく》だ」

立ちかけた少佐を、リディアが引き戻して坐らせた。

「いま本物のフロックコートを目立たせたら、模造品の宣伝をするだけですよ」ということで二人とも終演まで見ていた。

大受けだったハーグレーヴズは、寝る時間が遅くなったのだろう。朝食になっても、また昼食の席にも、姿を見せなかった。

午後三時頃、トールボット少佐の書斎にノックがあった。少佐がドアを開けると、ハーグレーヴズが朝刊を持てるだけ持って入ってきた。勝利の余韻にひたっていて、少佐の挙動がいつもと違うことには気づかない。

「きのうの晩は大当たりでした」と喜び勇んで言いだした。「チャンスが回って打点を稼いだってところですかね。『ポスト』にはこんな評が出てますよ」

往年の南部の大佐を髣髴《ほうふつ》させるアイデアと演技力、すなわち滑稽《こっけい》なまでの大言壮語、奇抜な衣装、風変わりな口調、古びた家門意識、また本物の親切心、手の込んだユーモア、憎めない単純素朴な人柄を描き出した出来映えは、現在の演劇界を見渡しても最上の人物表現であった。キャルフーン大佐が着用したフロックコートそのものに、才能の着実な進歩が見える。ハーグレーヴズ氏は観客の心をとらえた。

「どうです、少佐？　初演を見ての印象で、こんなことを言ってるんですよ」

「いや、じつは小生も——」少佐の声には何事かと思わせる冷たさがあった。「昨夜、おみごとな演技のほどを拝見いたしましてね」

ハーグレーヴズは、これはしたり、という顔になった。

「いらした？　まさか少佐に、あの、観劇のご趣味があったとは——。まあ、そういうことなら申し上げますが」と、思いきって言ってしまった。「どうか気を悪くなさらずに。たしかに役作りの上で、おおいに参考にさせていただきました。でも、これは典型としての人物像を描こうとしたのでして、ある個人がどうこうというものではありません。それは観客の受け止め方からもわかることです。あの劇場の贔屓筋《ひいきすじ》の半分は南部の方ですからね。ちゃんと了解して見てくれました」

「ハーグレーヴズ君」さっきから立ったままの少佐が言う。「きみは私の顔に泥を塗ってくれた。私という人間を見世物に仕立てて、いままでの信頼を裏切り、好意を逆手にとって悪用した。本物の紳士とはいかなるものか、いかにあるべきか、きみには見当もつくまいが、もし今回、わずかでも紳士らしき男が相手だと見なせるのなら、老いたりとはいえ、決闘を申し込むところだよ。では、とっとと失《う》せていただこう」

役者はいささか戸惑ったようだ。老紳士の言うことが全部わかったとは思われない。

「お腹立ちとあらば遺憾でありますが」と残念そうに言う。「北部の人間は、ものの見方が違っております。わざわざ登場人物のモデルにしてもらって、そうと知られたいがために客席を半分も買い占めようという人もいるのですが」

「そんなやつはアラバマにはおらん」少佐は傲然《ごうぜん》と言い放った。

「でしょうね。僕も物覚えは悪くないので、ご著書からの数行を引用させていただきますと——たしかミレッジヴィルでの晩餐《ばんさん》だったと思いますが、その場の乾杯に応じておっしゃったことがあります。活字にして残すご所存でもあったわけですが、こんな具合です。

およそ北部人たるもの、熱き思いに欠けているのであって、もし実利実益につながらないと思えば、いかにも冷たいままである。たとえ自身ないし愛する者によからぬ噂《うわさ》を立てられたとしても、それが金銭上の損失にならないのなら、どう言われようが無頓着《むとんちゃく》だ。慈善の事業として気前よく手を差し伸べることもあるが、その場合には、あらかじめ鳴り物入りで宣伝をして、あとから銅板に文字を刻んで記念されようとする。

こういう表現が、昨夜ご覧になったキャルフーン大佐の造型とくらべて、より公平なものだと思われますでしょうか？」

「そのようには書いたが――」少佐は苦い顔になる。「故《ゆえ》なきことではない。人前でものを言うとしたら、それなりの誇張――もとい、自由な物言いが許されてしかるべきだな」

「人前での演技も同じことです」

「いや、それとこれとは違う」少佐は頑として譲らない。「ある個人を戯画にしたとあっては、断じて見逃すわけにはいかんのだ」

「トールボット少佐」とハーグレーヴズは言いだした。愛想のいい笑顔である。「おわかりいただけるとよいのですが、僕のような稼業《かぎょう》ですと、あらゆる人生をわがものとして取り込みます。もらえるものはもらっておいて、舞台から客席へお返しする。しかし、まあ、ご意向とあらば、これだけにとどめましょう。そんな用件で伺ったのではないのですよ。このところ何カ月か親しくしていただきましたので、また一つ、お怒りを覚悟で遠慮なく申し上げます。どうやら手元不如意《ふにょい》のご様子ですが――あ、いえ、どうして知ったかとはおっしゃらずに。なにしろ下宿屋というところは、いろいろなことが筒抜けでして――ともかく僕としては、窮状を脱するお手伝いをさせてもらえないかと思うのです。僕だって窮状なるものには入り浸ってきましたから相身互いです。今季は芝居からの実入りがいいんですよ。いくらか貯金もできました。ですから二百ドルか、もうちょっとくらいなら、当面はご用立て――」

「よさんか！」少佐は手を突き出して押しとどめた。「やはり本に書いたことに嘘《うそ》はなかった。金を膏薬《こうやく》にすれば名誉についた傷も癒えると思っておるのだろう。いかなる仕儀であろうと、たまたま知り合った者から金を借りるほど落ちぶれてはおらん。いわんや、今度のようなことを金の貸し借りで始末せんとする不埒《ふらち》な言いぐさには我慢がならん。飢えて死んだほうがまだましだ。もう一度言わせてもらうぞ。とっとと出ていくがよい」

ハーグレーヴズは、もう何も言わずに辞去した。それどころか翌日に下宿を引き払って出ていった。家主のヴァーデマン夫人が夕食の席で言うには、『マグノリアの花』がダウンタウンの劇場で一週間の公演を打つと決まっていて、そっちの界隈《かいわい》へ越したのだそうだ。

トールボット少佐とミス・リディアの窮状は、いよいよ切迫していた。ワシントン広しといえど、少佐のような道徳観念の持ち主では、あえて借金を頼める相手はいない。ミス・リディアは叔父のラルフに手紙を書いたが、叔父にしても余裕があるわけではないので、おいそれと融通できるものではなかろう。こうなると少佐も致し方なく、ヴァーデマン夫人に頭を下げて、いましばらく食費を待ってもらえないかと言った。「家作からの賃料が滞って」また「送金手続きの遅れもあり」と、苦しい釈明をしたのだった。

ところが、思いもよらない方面から、救いが来た。

ある日、午後も遅くなった刻限に、玄関番のメイドが客の来訪を告げた。黒い肌の老人がトールボット少佐に会いに来たという。では書斎へ通してくれ、と少佐は言った。まもなく老いた黒人が姿を見せた。手に帽子を持って、頭を下げながら、ずるりと片足を引いた。ゆったりした黒いスーツを着て、身なりは悪くない。大きなどた靴が、磨き上げたストーブのように、てかてか光っていた。癖毛の短髪には白いものが混じって、というよりは白が大勢を占めている。黒人が中年を過ぎると、なかなか年齢がわからない。この男もトールボット少佐くらいには年を重ねているのかもしれなかった。

「もう覚えちゃおられませんでしょうなあ、ペンドルトンの旦那《だんな》」というのが、まず男の発した言葉だった。

　こんな昔ながらの懐《なつ》かしい呼び方をされて、少佐は思わず立って歩きだした。かつて農園にいた黒人には違いなかろうが、みんな散り散りになってしまった。いまとなっては、この顔と声を思い出せない。

「たしかに覚えてはいないのだが」少佐はやさしい言い方をした。「思い出すようなことを言ってくれんかな」

「じゃあ、旦さん、シンディのとこのモーズと言やあどうです？　終戦後にほかへ移ったやつですよ」

「うむ、待てよ」少佐は眉間《みけん》を指先でさすった。何にせよ古き良き時代を思い出すのはうれしいものだ。「シンディの、モーズ」と記憶をさぐる。「馬の世話をしとったか。子馬を馴《な》らす役目で――。お、そうだった。敗戦のあとで名前を――いや、言わんでいい――ミッチェルという名前にした。それで西部へ――ネブラスカへ行ったんだ」

「はいはい、さいですとも」老人は顔の輪郭が広がったように大喜びの笑顔になった。

「そのモーズですよ。ニューブラスカへ行った、モーズ・ミッチェル。いまじゃモーズじいさんなんて言われますがねえ。で、あの頃、先代の旦さんに、いただいたものがあるんですよ。小さいラバをつがいで二頭、向こうへ行ったら元手にしろなんてことで、いただきました。ええ、ラバなんですよ、旦さん、覚えてらっしゃいますかねえ」

「いや、すぐには思い出せんのだ」と少佐は言った。「戦争が始まったのが、ちょうど妻帯した年で、その当時はフォリンズビーの旧宅に住んでおった。ま、ともかく坐れ、坐ってくれ、アンクル・モーズ。よく来てくれたな。いまはどうだ、繁盛《はんじょう》しておるか」

アンクル・モーズは椅子に腰かけ、持っていた帽子をそっと床に置いた。

「はぁ、おかげさまで、ここんとこ上々の按配《あんばい》ですよ。あっちへ行ったら、ラバを見ようてんで人が集まりましてね。まだ小さいラバなんてのが、めずらしかったんですかねえ。そのラバが三百ドルで売れました。はぁ、三百で――

それから鍛冶屋《かじや》を店開きして、えへへ、ちょいと稼がせてもらったんで、土地を買いました。女房もらって、七人の子供を育てましたよ。二人は死んじまいましたが、あとは立派にやってくれてます。そしたら四年前に鉄道が来て、町ができて、あたしの持ってた土地なんか町のど真ん中だってことで、はぁ、旦さん、いまじゃアンクル・モーズは土地財産ひっくるめて一万一千ドルの金持ちなんで」

「そりゃあよかった」少佐は心から言った。「よかったじゃないか」

「で、あの、まだ小ちゃかった──ほら、旦さん、リディお嬢さんて名前になすった方は、もうすっかり大きくなって、お会いしてもわかんないでしょうねえ」

少佐はドアまで行って呼びかけた。「おい、リディア、来てくれんか」

とうに大人になって苦労の浮いた顔のリディアが自室から出てきた。

「ありゃ、ありゃ、言ったとおりだ！　大きくなんなすったねえ。アンクル・モーズですよ、覚えとられませんか」

「シンディのモーズだよ」少佐が言った。「おまえが二歳の年に、サニーミードを離れて西部へ行った」

「まあ、そうなの」ミス・リディアは言った。「まだ物心もついてなくて、覚えのあろうはずはないのだけれど。ほんとに、大きくなんなすったと言われるような、そういう昔なのですね。でも、私に覚えがあろうとなかろうと、よく来てくれました」

その言葉に嘘はなく、リディアも少佐も喜んでいた。いまの父娘を幸福な過去と結びつけてくれるものが、生きた証拠として出てきたのだ。過ぎた昔を語る三人の座談が続いた。少佐とアンクル・モーズは、農園の日々を振り返りつつ、たがいの記憶を正したり助けたりしていた。

ところで、こんなに遠くまで出てくるとは、どんな用件があったのか、と少佐は尋ねた。

「こう見えても地元の代表なんでして、はぁ、バプティスト派の全国大会がありますんでね。もちろん説教めいたことをする柄じゃねえですが、あっちの教会じゃあ執事ってことになってて、それに自弁で往復できるやつじゃねえと困るから、おまえが行けっていうようなわけで」

「それにしても、私たちがワシントンにいることが、よくわかりましたね」ミス・リディアが言った。

「はい、もとはモビールにいた黒人が、こっちのホテルで働いてますんで、そこに泊まることにしたんですが、ペンドルトンの旦那が来ていなさるって話は聞いとりました。なんでも、ある朝に、この家からお出かけになるのを見たなんていうことで」

「それにまあ」とアンクル・モーズは話を続けて、ポケットの中をさぐった。「出てくる気になったのは、郷里の知り合いの顔を見るだけじゃなくて、旦那に借りたもんをお返ししようと思ったからですよ」

「借りたもの？」これは少佐にも予想外だ。

「はぁ、そうです――三百ドル」と少佐に札束が渡される。「あたしがお暇をいただいたとき、先代の旦さんに言われました。モーズ、この小さいラバを持っていけ、いずれ出世払いで返せばいいぞ――。はぁ、そういうことでしたんでね。戦後は大旦那さんまで貧乏になっちまって、とうの昔にお亡《な》くなりですけども、借金のことは、いまの旦那さんに引き継がれてましょう。その三百ですよ。アンクル・モーズがお返しに上がりました。鉄道にもらった土地の代金から、ラバの返済分だけ取りのけておいたんで。お確かめくださいまし。ラバの売り上げでございますよ、旦さん」

トールボット少佐の目に涙があふれた。アンクル・モーズの手を取り、その肩にも手を乗せる。

「何とまあ律儀《りちぎ》な男だ」少佐は声を震わせた。「おまえには正直に言わせてもらう。このペンドルトンの旦那というやつは、一週間前から、すっからかんの体たらくなのだよ。この金は、ありがたく受け取ろう。旧時代を知る者の心意気もさりながら、たしかに返済だと言えんこともない。では、リディア、おまえに預ける。出費の管理は、おまえのほうが得意だ」

「どうぞ、お嬢さま」アンクル・モーズは言った。「これはもう立派にトールボット家の金でございますよ」

アンクル・モーズが帰っていって、ミス・リディアはたっぷりと泣いた。うれしかった。少佐も部屋の隅に顔をそむけて、陶製のパイプを噴煙のようにくゆらせた。しばらくトールボット父娘には平穏な日々が続いた。ミス・リディアの顔から憂《うれ》いの色が消えた。少佐はフロックコートを新調して、黄金時代の記憶をいまに伝える蠟《ろう》人形《にんぎょう》のようになっていた。『逸話と追想』には別の出版社から声がかかった。この原稿なら、いくらか筆が走りすぎた箇所を手直しすれば、売れる見込みは充分だという。つまり、状況は概《おおむ》ね好転して、先の希望が見えてきた。幸福になりきってしまうより、希望が見えたくらいでなおさら心は弾むものだ。

さて、幸運が舞い込んでから一週間たった日に、ミス・リディアが部屋にいるとメイドが手紙を持ってきた。ニューヨークの消印が押されている。そっちに知り合いはいないのにと、やや訝《いぶか》しく思いながらテーブルに寄せた椅子に腰かけ、鋏《はさみ》で封を切った。その文面は——

拝啓

私事ではありますが、うれしい知らせがありますので一筆啓上いたします。さるニューヨークの劇団から週に二百ドルの契約を申し込まれて受諾いたしました。

『マグノリアの花』のキャルフーン大佐として出演することになっています。

それから、ほかに申し上げたいこともあります。トールボット少佐には内緒がよかろうと存じますが、今度の役作りの上では大変にお世話になりましたので、ぜひお礼をさせていただきたいと考えておりました。また、あの芝居のことでご機嫌を損ねてしまいましたので、そのお詫《わ》びという気持ちもありました。ただ、断じて許さぬとのことでしたので、私なりにどうにか考えた結果です。三百ドルは、あまり無理をした金額ではありません。

敬具

H・ホプキンズ・ハーグレーヴズ

追伸

アンクル・モーズの芝居はいかがでしたでしょう？

部屋の前を通りかかったトールボット少佐が、ドアが開いていると見て足を止めた。

「けさは何か郵便でも来たのかな、リディア」

ミス・リディアは、さりげなく手紙を衣服の襞《ひだ》に隠した。

「新聞が来ましたわ。『モビール・クロニクル』が」と即座に答えている。「書斎のテーブルに置いてあります」

二十年後

After Twenty Years

巡回の警官が通りを歩いていた。なかなかの押し出しで進んで行くのだが、身についた歩き方というだけで、これ見よがしの態度ではない。ろくに見る人もいないのだ。やっと夜の十時とはいえ、雨気を含んだ風が冷たく吹きつけ、ほとんど人通りは絶えていた。

とくに変わったことがないか各戸の様子を見ている。手にした警棒の先をくるくる華麗に動かして歩きながら、静まった道筋に油断なく目を配ることも忘れない。がっしりした体格の警官が、いくぶん凄味《すごみ》を利《き》かせたように足を運ぶところは、治安を預かる姿として立派な絵柄になっていた。この界隈《かいわい》は店じまいが早い。ちらほらと灯が見えるのは、煙草屋《たばこや》か、終夜営業の軽食堂だろうが、大方の店舗はとうに戸を閉《た》てていた。

とあるブロックの中程で、警官は歩速を落とした。真っ暗になった金物屋の戸口に、男が寄りかかっている。くわえた葉巻には火をつけていない。警官が近づくと、男から先に口をきいた。

「何でもありませんよ」と、請け合ったように言う。「ただの待ち合わせでしてね。二十年前からの約束なんですが、へんな話でしょうかねえ。あやしいと思われてもいやなんで、何でしたら、わけを申し上げますよ。いまとなっては、そういう昔のことですが、ここはレストランになってました。ビッグ・ジョー・ブレイディなんていう店でね」

「そうだったな。五年前に取り壊された」

戸口の男はマッチをすって葉巻に火をつけた。色白な角張った顔が暗がりに浮いた。目つきが鋭い。右の眉《まゆ》あたりに、ちょっとした傷跡が白く見える。ネクタイピンには取って付けたように大粒のダイヤが載っていた。

「今夜でちょうど二十年になるんですよ。ここにあった店でジミー・ウェルズという男と食事をしました。えらく気が合う仲間で、あんないいやつは世の中にいやしなかった。どっちもニューヨークの土地っ子でね、兄弟みたいに育ったんですよ。あたしは十八で、ジミーは二十だった。あたしだけは次の朝に西部へ発《た》つことになってました。一旗揚げようなんてつもりでしたよ。ジミーのやつは、どう引っ張ったってニューヨークから連れ出せやしない。ここでしか生きられねえと思っていやがった。まあ、しかし、その晩の約束で、きっちり二十年たったらまた会おうってことにしたんですよ。どんな境遇になって、どんな遠くへ行ってるかわからねえが、それでも必ず会うことにした。二十年もたてば、どうにか一端《いっぱし》の者になって、それなりの財産もできてるだろうなんてね」

「なるほど、おもしろい」警官は言った。「それにしても二十年とは間があきすぎのようだ。別れてから消息はなかったのか？」

「まあね、しばらくは手紙の行き来くらいありましたよ。でも一年か二年で、どっちからも居所がわからなくなった。西部と言ったって、いささか広うござんすからね。そこを飛びまわって暮らしてたんで。だけどもジミーだったら、生きてさえいれば、会おうとしてくれるに違いない。そういうやつなんですよ。あれだけ当てになる男はいないんだ。忘れるはずがない。あたしは千マイルの旅をして、今夜こうして立ってるんだが、昔の仲間が来てくれれば、それだけで報われるんですよ」

待っている男は懐中時計を取り出した。たいした品物で、蓋《ふた》には小粒のダイヤをあしらっている。

「あと三分で十時」男が時を告げた。「レストランの前で別れたのが、きっかり十時だった」

「で、西部ではうまくいってたのかい？」

「そりゃもう。その半分でもジミーがやっていてくれたらいいと思いますよ。あいつはね、いいやつなんだが、あんまり要領はよくない。あたしなんか、ひとの稼ぎにまで手を出すような、こすっからい連中と張り合ってたんだ。ニューヨークにいれば型にはまることを覚えるが、剃刀《かみそり》みてえに研ぎすまして生きるんなら西部ですよ」

警官は、また警棒をくるくる動かして、一歩、二歩と行きかけた。

「じゃあ、おれは行くぞ。ちゃんと来てもらえるといいな。客待ちは、きっちりで終《しま》いかい?」

「そうもいきませんや。三十分は待ってやります。生きてさえいれば、そのくらいで来るでしょう。じゃ、ご免くださいまし」

「では、失敬」そう言って警官は見回りを続け、町の戸締まりを確かめていた。

冷たい小雨がぱらついてきた。さっきまでは吹いたりやんだりの風が、だいぶ勢いを増していた。わずかに残っていた通行人が、コートの襟《えり》を立て、ポケットに手を突っ込んで、陰気に押し黙った急ぎ足になっている。金物屋の戸口では、ばかばかしいほどに曖昧《あいまい》な約束を果たそうと、千マイルの距離を旅して若き日の友に会いにきたという男が、葉巻を吸いながら待っていた。

二十分ほどもたったろうか、外套《がいとう》の襟を耳まで立てた長身の男が、小走りに街路を渡ってきた。待っていた男につつっと近づく。

「ボブ、だろうな?」と、不安をにじませた。

「ジミー・ウェルズか?」戸口にいた男が声を上げる。

「こりゃ、ありがてえ!」あとから来た男も大喜びして、しっかりと手を取り合った。

「なるほどボブだ、間違いねえ。生きていてくれりゃあ、ここで会えるんだと思ってたぜ。いやはや二十年だ、長かったな。昔のレストランもなくなったようだが、惜しいことをした。もう一回、ディナーを奮発したかったじゃないか。西部じゃあ、どんな案配だった?」

「おう、豪儀なもんだ。思い通りさ。ところで、ジミー、ずいぶん変わったようだな。こんな背格好だったか。二インチや三インチは違うようだが」

「ああ、二十歳を超えても、まだ伸びた」

「ニューヨークでうまくいってるのか?」

「ぼちぼちとな。これでも市に勤めてるんだぜ。まあ、ちょっと付き合ってくれよ。なじみの場所があるんだ。ゆっくり昔の話でもしようじゃないか」

二人の男が腕を組んで通りを歩きだした。西部の男は名誉心をくすぐられて、いままでの功名を語りたくなっている。外套にすっぽりと身を包んだ男は、その話に聞き入った。

街角にドラッグストアがあった。電灯が店先を明るくしている。光の範囲に踏み込んだ二人は、同時に顔を見合わせた。

西部の男がぴたりと足を止め、組んだ腕を振りほどいた。

「おい、ジミー・ウェルズじゃねえな。いくら二十年と言ったって、鼻の形まで変わるものか。鷲鼻《わしばな》が獅子《しし》っ鼻《ぱな》になるわけがねえ」

「いいやつが悪いやつになることはある」長身の男は言った。「口のうまい《シルキー》ボブってのはおまえだな。十分も前から逮捕されてるんだぞ。こっちへ立ち回りそうなことは、シカゴから連絡があった。ちょいと話を聞きたいそうで、すぐ来られたし、っていう電報だが、おとなしく言うことをきくよな？　そのほうが身のためだ。とりあえず署へ行く前に、こういうメモを渡してくれって頼まれてる。ちょうどいま明るいから読んでみちゃどうだ。ウェルズ巡査が書いた」

西部の男は渡された紙片を広げた。しっかりと手に持って読み始めたが、読み終わる頃には手が小刻みに揺れていた。文面は短いものだった。

　　ボブ

約束の時間どおりに行ったよ。おまえが葉巻にマッチの火をつけたんで、顔がわかった。シカゴで手配されたたな。といって俺にはできそうもないから、いったん引き上げて、私服の刑事によろしくと言った。

ジミー

理想郷の短期滞在客

Transients in Arcadia

ブロードウェーに一軒のホテルがあって、リゾート開発の業者には見逃されているが、まるで避暑地のようである。奥深く、広々として、涼しい。内装をダークオークで仕上げていて、この木材にも、ひんやりした感触がある。いわば自家製のそよ風が吹きわたり、植え込みとはいえ深い緑も楽しめる場所なので、わざわざアディロンダック山地へ行くまでもなく、行ったも同然に快適だ。余裕のある階段で山登り気分を味わうのもよかろうし、真鍮《しんちゅう》ボタンの服を着た案内人がいるエレベーターでするすると高みに届くのもよい。こんな穏やかな夢心地の垂直移動に、アルプスの登山家が到達したことはあるまい。しかも厨房《ちゅうぼう》にはシェフがいて、ニューハンプシャーの山へ分け入っても得られないような川鱒《かわます》を料理してくれる。ヴァージニア半島の先まで行った地元でも「こんなのあるのか」と羨《うらや》まれそうなシーフードが出てくる。メイン産の鹿肉《しかにく》もまた、猟区の役人の心すら蕩《とろ》かすような極上品だ。

マンハッタンが暑い砂漠になる七月。ここは砂漠のオアシスになるのだが、そんな発見がなされていないわけではない。いつもより少ないとはいえ、ちらほらと客が来ていて、天井の高い大食堂で涼しげな黄昏《たそがれ》の贅沢《ぜいたく》な時間を過ごし、白い空席が雪原のように見えるテーブルを見渡しながら、ここは静かで結構ですな、という眼差《まなざ》しを交わしている。

手の空いているウエーターが、仕事をさがして目を配り、気流に乗ったようにやって来て、まだ頼んでもいない用事をすませてくれる。四月なみの室温に変動はない。天井は水彩で夏空の色を模していて、うっすらと雲さえ漂っているのだが、本物の雲とは違って、あえなく消えることはない。

ここにいればブロードウェーの喧騒《けんそう》も耳に心地よい遠くの音で、幸福な客が聞いていると、森にやさしく染《し》みる滝の音にさえも思われる。だが、いつにない足音がしようものなら、がさつな連中が来たのかと不安げに耳をそばだてる。ひっそりした住処《すみか》を見つけたがって、自然界の奥の奥まで押し寄せる行楽客がいないともかぎらない。かくして客もまばらな暑い季節のホテルでは、わずかな趣味人だけが既得権を守りたいように隠れ住み、人間の技芸を集積してもたらされる山と海の楽しみを満喫している。

この七月に、ある女性客が来て名刺を差し出し、その名前で宿をとった。マダム・エロイーズ・ダーシー・ボーモンという。

ホテル・ロータスとしては大歓迎の客だった。マダム・ボーモンは上流の気品を漂わせ、しかも気さくに人と接して、おっとりした優しさが感じられる。ホテルの従業員は、マダムの言うことなら何でも従いたくなっていた。お呼びのベルが鳴れば、ボーイが先を争って御用をうかがおうとする。フロントも客室係も、もし自分が所有するホテルなら、建物から備品から一切マダムに進呈してもよいと思っている。ほかの客から見ても、マダムの存在は高級な女性美の極致というべきであり、ホテルの佇《たたず》まいに花を添えるものだった。

この飛び抜けて優雅な上客は、めったにホテルを離れることがなかった。ここの常連になるほどの客であれば、ごく普通の行動とも言える。すごしやすい環境を楽しみたいのなら、すぐ外の市街さえも僻遠《へきえん》の地のようなつもりで捨て去らねばならない。夜になって近隣の屋上へ出るくらいなら妥当である。だが暑い昼間は、清流の鱒が気に入った水域でぴたりと静止するように、ホテル・ロータスの快適な屋根の下にとどまるのが安全だ。

マダム・ボーモンは、いつも一人でいたのだったが、それも女王様は一人しかいないというような品格になっていた。朝食は十時と決まっている。涼しげな佳人が、しとやかに、たおやかに、楚々《そそ》とした風情《ふぜい》を見せて、薄暮に咲くジャスミンの花のように、ふんわりと輝いていた。

これがディナーの時間ともなると、マダムの輝きはいやが上にも高まった。身にまとうガウンは美しき羽衣のようで、たとえて言うなら、奥深い渓谷の見えざる滝の水が霧になって舞うのにも似ていた。このガウンが正しくは何と言われるべきものなのか、筆者には見当もつかない。レースをあしらったガウンの胸に、いつも薄赤いバラの花が載っていた。このガウンがお出ましになると、ボーイ長がすっ飛んできてご挨《あい》拶《さつ》申し上げる。なんとなくパリを思わせるガウンだ。あるいは、謎《なぞ》の伯爵《はくしゃく》夫人、などと思ってしまうかもしれない。またヴェルサイユ宮殿やら、その昔の刀剣やら、当代の大女優フィスク夫人、赤と黒のトランプ賭博《とばく》、などと連想は広がる。いつしかホテル内では、ある出所不明の噂《うわさ》がささやかれていた。じつはマダムは国際舞台に暗躍して、ほっそりした白い指で糸を引き、ロシアの有利になるように各国を操っているのではないかという。どこへでも容易に行き来する世界市民であれば、真夏のアメリカではホテル・ロータスが極上の避暑地だと見てとってもおかしくない。このあたりに身を潜め、しばしの休息を得ているのであろう。

マダム・ボーモンがホテルに来てから三日目に、ある青年が到着して泊まり客になった。ざっと型通りの紹介をするならば、服装はさりげなく流行に合わせ、端整な顔立ちに、世慣れた男の余裕が見える。三日か四日は泊まるつもりだと言い、ヨーロッパ行きの船の予定を聞いてから、このホテルならではの至福の境地に浸りきり、気に入った宿屋でくつろぐ旅人らしい呑気《のんき》な様子を見せていた。

青年は、宿帳の名前を信用すれば、ハロルド・ファリントンというらしい。ゆったりと浮き世離れしたホテルの暮らしに、するりと如才なく入っていたので、逸楽を求めて居続けている客にも、まったく波紋をおよぼすことがなかった。さすがに名前だけのことはあって、ホテル・ロータスの味を覚えれば、蓮《はす》の実を食らって安逸をむさぼるという神話を地で行くように、この男もまた幸福な平安に誘い込まれた。ほんの一日で、すでに馴染《なじ》みのテーブルができて、馴染みのウエーターがいて、それだけに外から攻められる不安を覚えている。のんびり安らごうとするあまりに息せき切ってブロードウェーを暑苦しくしている連中が、すぐ地続きの隠れ里に襲いかかってきたら困るのだ。

さて、ハロルド・ファリントンが来た翌日のこと、ディナーを終えて出ようとしたマダム・ボーモンがハンカチを落とした。これを拾って返したのはファリントン氏だが、さりとてお近づきになろうと勢い込んだとは思われない。

だがロータスに泊まるような粋《いき》な客であれば、不思議に相通じる精神があるのだろう。至高の避暑地がブロードウェーのホテルにあると発見した幸運を喜んで、おのずと引かれ合うのかもしれない。この二人の間にも、ちゃんと礼儀を心得たようでいて、ただの挨拶からは少しだけ踏み出したような、いい按配《あんばい》の言葉がかわされた。そして、本物の避暑地にもありそうな恋の花咲く雰囲気によって、まるで手品のように、ぱっと花が咲いてしまった。この二人が廊下の突き当たりのバルコニーに出て、羽毛を丸めて玉にしたような会話を、ふわふわと投げ合うことになっている。

「ありきたりな避暑地は、いやになりますもの」マダム・ボーモンが、ほんのりと愛らしい笑みを浮かべた。「せっかく山や海へ行って、ここなら騒がしくも埃《ほこり》っぽくもないと思うと、すぐに騒がしく埃を立てる人たちが追いついてくる、でしょう?」

「まったく。海の上でもそうですね」ファリントンが嘆いてみせる。「俗物だらけです。最高級の客船に乗っても、なんだか渡し船みたいだと思えますよ。このロータスだって、じつは五大湖あたりへ行くよりもブロードウェーから遠ざかっているという秘密を嗅《か》ぎつけられたら、もう、どうなってしまうことやら」

「せめてあと一週間は無事でいてくれたらと思いますわ」マダムは溜息《ためいき》まじりの苦笑いを見せる。「ここへも押しかけてこられたら、どこへ逃げればよいでしょうね。ほかに夏でも快適なところと言ったら、もう心当たりは一つしかありませんよ。ポリンスキー伯爵のお城。ウラル山脈にあるのですけれど」

「今シーズンは、バーデンバーデンやカンヌでも、ひどい客離れだそうです。そういう老舗《しにせ》の避暑地が年々評判を落とすのですから、まだ残っている静かな穴場を求めたくなるのは私たちばかりではないのでしょう」

「わたくしは、あと三日、ここで羽を伸ばしていようと思いますの」マダム・ボーモンは言った。「月曜日には、セドリック号が出航します」

ハロルド・ファリントンの目に、残念そうな色が浮いた。「私も月曜日に発《た》つのです。海外ではありませんが」

マダム・ボーモンは、ちょこんと一方だけ肩を持ち上げてみせた。丸みのある肩の動きに、どことなく異国情緒があった。

「すてきなホテルですけれど、いつまでも隠れ家にしてはいられません。お城のほうでは、わたくしを迎えるつもりで、もう一カ月も前から待っているでしょうね。またパーティーを延々と続けたりしなくては——ああ、億劫《おっくう》だこと。このホテル・ロータスでの一週間は、きっと忘れられなくなりますわね」

「ええ、まったくです」ファリントンの声が低くなった。「そのセドリック号は許しがたい船です」

それから三日後、日曜日も暮れ方となって、このバルコニーの小卓をはさんで二人が坐《すわ》っていた。さりげなく心得たウエーターが、冷たいデザートと、小ぶりなグラスのクラレットパンチを持ってくる。

マダム・ボーモンは、いつもの美しいイヴニングドレスを着ていた。ディナーにはこの服と決まっていた。そのマダムが何やら考えているようだ。卓上にはマダムの手元に小さな鎖つきの財布が出ている。冷たいものを食べてしまってから、マダムは財布の口を開けて一ドル札を取り出した。

「ファリントンさん」この笑顔にホテル・ロータスが魅了されたのだ。「申し上げたいことがありますの。わたくし、あすの朝は、食事をせずに出発いたします。もう仕事に戻らないといけないから。ほんとうはケーシーズ・マンモスストアで靴下売り場の店員なんです。あすの朝八時で休暇はおしまい。これ、今度の土曜日に週給八ドルをもらうまでは、なけなしの一ドル札です。ファリントンさんて、本物の紳士ですね、優しくしてくれました。お別れの前に、それだけは言いたくて。

あたし、この休暇のために、一年も節約したんです。たったの一週間、それだけでいいから、貴婦人の暮らしをしてみたかった。毎朝七時に起き出すんじゃなくて、好きなように起きればよくて、贅沢三昧《ざんまい》で、世話を焼いてもらって、用があれば鈴を鳴らすなんてお金持ちがやるような——そういうことをしたんです。こんな幸せな時間は一生に一度かもしれませんね。これでもう気が済んだから、ふだんの仕事と、奥まった小部屋で寝起きする生活に戻って、また一年は暮らせます。そういうことをファリントンさんには言っておきたかったんです。なんとなく好かれてるみたいな気がして、それにまあ、あたしのほうでも、いい人だなって思ってましたし。でも、あの、いままで嘘《うそ》をついてました。すっかりお伽話《とぎばなし》の気分になってしまって、つい。だからヨーロッパの話とか何とか適当に、いままで本で読んだだけの外国の話をしてました。貴族みたいな女だって思われたかったから。

いま着てる、このドレス。人前で着られるようなのは、これしかないんです。オダウド&レヴィンスキーっていう店で買いました。分割払いです。値段は七十五ドルで、ちゃんと採寸して仕立てたんですよ。頭金を十ドル出して、あとは完済までずっと週に一ドルの集金があります。とまあ、だいたいそんなような話です。ちなみに本名はメイミー・シヴィターといいまして、マダム・ボーモンじゃありません。ここまで聞いてくださってありがとうございました。あした、この一ドルで分割の一回分を払います。じゃ、そろそろ部屋へ引き上げますね」

こうしてロータス随一の愛らしい泊まり客の物語が終わるまで、ハロルド・ファリントンは無表情に聞いていた。そして小切手帳のようなものを上着のポケットから取り出すと、ちびた鉛筆で空欄に書き込みをして、その一枚を破り、つっと滑らすように差し出して、代わりにドル札を取った。

「僕もですよ。あしたから仕事です。でも、どうせなら、いますぐ始めてもいいんで、分割一回分の領収書です。三年前からオダウド&レヴィンスキーの集金係をやってましてね。それにしても似たような休暇を考えたとは、ねえ、おかしなもんだ。僕もすごいホテルに泊まってみたいと思ってたんで、週に二十ドルの暮らしを切り詰めながら、ついに実行しました。あの、メイミーさん、土曜の晩にでも、船でコニーアイランドへ行くなんて、どうかな？」

マダム・エロイーズ・ダーシー・ボーモンを詐称《さしょう》した女の顔に、ぱっと光が射《さ》した。

「あ、はい、もちろん行きます、ファリントンさん。土曜日なら、お昼で閉店ですから。コニーはいいでしょうね。上流気分で一週間すごしたあとでも、やっぱり、いいんじゃないかしら」

バルコニーの下は、七月の夜の都会が暑苦しさに呻《うめ》くような騒がしさだった。ホテル・ロータスは、やわらいだ涼しげな影の世界になっている。ご用命を待ちかまえるウエーターが大きな窓の近辺をすたすた行き過ぎた。マダムとそのエスコート役から合図があれば、たちまちに飛んでくるのだろう。

エレベーターの前まで行って、ファリントンがここで失礼すると言い、マダム・ボーモンは最後の上昇を遂げることになった。だが、静かに上下する箱の手前で、彼は言った。「そのハロルド・ファリントンていうのは忘れてくれよ。ほんとはマクマナスっていうんだ。ジェームズ・マクマナス――。ジミーとも言われてる」

「おやすみなさい、ジミー」とマダムは言った。

巡査と讃美歌

The Cop and the Anthem

マディソン・スクエアのいつものベンチで、ソーピーはもぞもぞ動きだしていた。夜空に高く雁《かり》が鳴いて、アザラシ皮のコートを持たない女が亭主にすり寄ってやさしくなり、ソーピーが公園のベンチに腰を据えていられなくなると、そろそろ冬が近いということだ。

枯れ葉が一枚、はらりとソーピーの膝《ひざ》に落ちた。氷霜の訪れを告げる名刺のようなもの。冬の怪人は、マディソン・スクエアに居着いている常連にも礼を欠かさない。今年もやってまいりますよと言っている。まず四つ角へ来て、北風にカードを渡す。この北風は戸外という大きな屋敷の使い走りなのだから、住人に冬の来訪が知れわたる。

ソーピーの心にも、すでに時至るとの思いは生じていた。迫りくる厳冬にそなえて、独自の対策委員会を立ち上げなければならない。そう思えば、おちおち坐《すわ》ってはいられなくなる。

とはいえ、さほどに大それた越冬計画ではない。地中海を船で遊覧しようとも、まどろむような南国の空の下にいようとも、ナポリの沖に漂いたいとも思わない。三カ月ほど「島」にいたい。それだけを彼の魂は渇仰《かつごう》した。三カ月の間、食と住に困らず、気の置けない仲間がいて、北風にも警官にも追われずにいる。ソーピーにとって望ましいことの神髄とはそんなものだった。

もう何年も、冬になればブラックウェル島の刑務所へ行って、ありがたくお世話になっている。ニューヨーカーの中でも境遇に恵まれた者であれば、パームビーチやリヴィエラ行きの切符を買うのが冬の慣例だろうが、ソーピーの場合には毎年この季節になると、あの島へ詣《もう》でられるように、ささやかな手配をする。その時が来たのだった。きのうの晩は日曜版の新聞を三部、それぞれ上着の下に着込み、足首に絡《から》め、膝の上へかけて寝たのだが、昔ながらの公園の噴水にほど近いベンチでは、寒さを防ぎきれるものではなかった。こうなると、島へ行くということが、ますます時宜にかなった案件として心の中にふくらんだ。生活保護の名目で供される慈善など、ろくなものだとは思わない。博愛よりも法律こそが良性だとソーピーは見ている。もちろん市の機関であれ善意の団体であれ、頼っていけば最低限の保障をしてくれる仕組みはいくらでもある。だがソーピーといえど自尊心はあるので、いただく人間の気持ちとして、慈善で出てくるものは重すぎる。博愛の手から施しを受けると、たとえ借金にはならなくても精神の負い目ができてしまう。シーザーにはブルータスが仇《あだ》となったように、慈善を受ければ受けたことが弱みになって、ベッドで寝るためには入浴をさせられるし、パンを食べるだけでも立ち入ったことまで聞かれなければならない。だから法律に引っかかって泊めてもらうほうがよい。法律は杓子《しゃくし》定規に動いているが、紳士たる者の心の中へ踏み込むことはない。

こうして島へ行くと決めたソーピーは、さっそく実行に移った。どうにでもなる。簡単なことだ。とりわけ快適な方法は、高級レストランで贅沢三昧《ぜいたくざんまい》に食ってしまうだけである。それから無一文だと言ってのけて、あわてず騒がず官憲の手に引き渡される。あとは担当判事がしかるべく事を進めてくれるだろう。

ソーピーはいつものベンチから腰を浮かして、公園を出ると、海面のようなアスファルトを突っ切った。このあたりでブロードウェー、五番街という二つの流れがぶつかっている。ブロードウェーを北上することにして、とある煌《きら》びやかなカフェの前で立ち止まった。夜ごとに最高級の産品を集める店である。ぶどう、蚕、そして人間の細胞が産み出す完成品が、ここへ来るのだった。

ソーピーは上半身には自信があった。ヴェストの一番下のボタンから上は、人に見られても困らない。髭《ひげ》は剃《そ》ってあって、しっかりした上着を着て、きちんと黒のネクタイを締めていた。ネクタイは感謝祭の日に女の伝道師がくれたもので、初めから結び目ができている。どうにか怪しまれずにテーブルまで行ってしまえばこっちのもので、着席して見える部分だけなら、ウエーターに疑惑を抱かせることはない。注文は鴨《かも》のロースト、というところでよかろう。あとはシャブリのボトルに、カマンベール、デミタス、葉巻――。この葉巻をつけても一本一ドルの追加だろう。その程度の飲み食いなら、厳罰をもって処断すべしとまでは言われまい。それでいて鴨のおかげで幸福な満腹感を覚えながら、避寒地への旅ができる。

だがレストランに足を踏み入れたとたんに、ウエーターの主任に目をつけられた。くたびれたズボン、おんぼろの靴を見られたのだ。強力な手が何本も出てきて、ソーピーはくるりと回され、あっさり静かに押し出されて、鴨肉は不名誉な運命を免れた。

ソーピーはブロードウェーを離れた。憧《あこが》れの島へ行く道は、食い道楽の道ではないようだ。しばらく幽閉していただくためには、別の方策を講じなければならない。

六番街へ出たあたりで、ある店のウィンドーが目についた。きれいな電飾を使って商品の見せ方がうまい。ソーピーは路面の石を一つ拾って、思いきりガラスに投げつけた。何人か角を曲がって駆けつけてきて、その先頭に巡査がいた。ソーピーは手をポケットに入れて突っ立ったまま、近づいた真鍮《しんちゅう》ボタンを見てにこにこ笑っている。

「やったやつはどこだ」巡査は激しい尋問をした。

「おれのこと、あやしいと思いませんか?」いささか皮肉っぽいが、ここから運が開けると思えば、なごやかに答えられる。

だが巡査の思考としては、ソーピーが事件の手がかりになるとさえ見えない。ウィンドーを割るような人間が、いつまでも現場にいて法の番人と和平交渉にのぞむものではない。すたこら逃げ去るに決まっている。ちょうど道の先を駆けている男がいた。市電に乗ろうとするようだ。これを見た巡査は警棒を引き抜いて追跡に向かった。ソーピーは二度までもしくじった無念をかかえて、ぶらぶら歩きだした。

街路の反対側に、気取らないレストランがあった。たっぷり食いたいが財布は軽いという客を相手にしている。食器や雰囲気は無骨なもので、スープとテーブルクロスは薄手の仕上げになっていた。ソーピーはこの店に入った。うさんくさい靴、見るからに不審なズボンを、見とがめられることはなかった。うまく席について、ビーフステーキとパンケーキ、ドーナツ、パイを腹におさめてから、わずかな小銭ともお近づきにはなってねえ、とウエーターに言ってやった。

「じゃあ、さっさとお巡《まわ》りを呼んでくれ。客を待たせちゃいけねえよ」

「おまえなんかにサツを呼ぶまでもないぜ」ウエーターは、バターケーキのような声と、マンハッタンカクテルのチェリーみたいな目をして、そんなことを言う。「おい、コン、手を貸してくれ」

左の耳が硬い舗道にぶち当たる。ソーピーは二人がかりで放り出されていた。それから大工が使う折尺《おりじゃく》のようにかくんかくんと起き上がり、衣服についた埃《ほこり》を払った。いまや逮捕されることはバラ色の夢だ。あの島が遠かった。二軒おいたドラッグストアの前にも巡査がいたが、ただ笑って去っていった。

ソーピーは五ブロックも歩いてから、ようやく気力を取り戻し、今度こそつかまえてもらえるように頑張ろうと思った。おこがましくも「いける」と見なした状況があったのだ。地味づくりの若い女がウィンドーの前に立って、髭剃り用のマグとインク壺《つぼ》に、きらきらした目を向けていた。わずか二ヤードほどの近くには、いかめしい大柄の巡査が消火栓に寄りかかるように立っている。

この際、ろくでもない「女たらし」を演じてやろう、というのがソーピーの策略だった。なかなか気の利《き》いた女がいて、お役目大事の警官が間近にいる。こうなれば見込みは充分。まもなく、ぐいっと腕をつかまれる好感触があって、めでたく逮捕され、のほほんと冬を過ごせる小さな島へ連れていってもらえよう。

女伝道師にもらった出来合いのネクタイをまっすぐに直して、すぐに縮みたがるシヤツの袖口《そでぐち》を引っ張り出して、かぶった帽子に伊達《だて》な角度をつけてから、つつっと若い女に近づいた。まず色目を遣ってから、咳《せき》が出たような格好で「えへん」とか何とか声を聞かせて、にやけた顔で笑ってみせて、「女たらし」らしいお決まりの台詞《せりふ》を臆面《おくめん》もなく言ってのける。巡査がこっちを警戒している、ということも目の隅にとらえていた。若い女は何歩かの距離をとって離れ、ふたたびしげしげと髭剃りマグを見た。ソーピーはおかまいなしにすり寄って、ひょいと帽子を持ち上げる。

「よう、ベデリアじゃないか！　うちへ遊びに来たりしないかな？」

巡査はこっちを見たままだ。言い寄られた女が指一本でも動かして呼ぶならば、たちまちソーピーは島への疎開《そかい》をする経路に乗るだろう。とりあえず署まで連行されて、ぬくぬく温まるという心づもりになっていた。すると女はソーピーと目を合わせ、すっと手を差し出して、ソーピーの上着の袖をつかんだ。

「いいわよ、マイク」女は喜々として言う。「ビールの一杯もおごってくれるならね。あたしから声をかけてもよかったんだけど、ほら、おっかないのが目を光らせてるからさ」

樫《かし》の木に蔦《つた》がからんだようになった女を連れて、ソーピーは警官の前を通過した。暗澹《あんたん》たる気分だ。自由の身であることは運命か。

次の街角まで歩いてから、ついてきた女を振り切って走った。その足を止めた界隈《かいわい》は、夜になって街路が明るく、心も軽く、誓いの言葉だろうが歌の文句だろうが、すべて軽やかに飛びかうところだった。毛皮のコートを着た女、ずっしり重いコートの男が、冬の夜気の中を楽しげに歩いている。ソーピーは、ふと恐怖にとらわれた。何かしら魔法のようなものが働いて、どうしても逮捕されない体質にされたのではないか。そう思うのは空恐ろしいことだった。すると、ある絢爛《けんらん》と輝く劇場にさしかかり、ここにも悠然と見回り中の巡査の姿があったので、今度こそはと藁《わら》にもすがる思いになって「風紀紊乱《びんらん》」の挙に出た。

ソーピーは舗道に立って濁声《だみごえ》を張り上げ、酔っ払いの馬鹿騒《ばかさわ》ぎを装《よそお》った。ふらふら踊ったり、わめき散らしたり、あれこれ手を尽くして夜の大気をかき乱した。

巡査はくるりと警棒を回して、ソーピーには背中を向け、通行人に話しかけた。

「エール大学のやつだね。ハートフォード大を零封して勝ったから浮かれてるんだ。うるさいけども害はない。ああいうのは放っとけと言われてるよ」

ソーピーは悄然《しょうぜん》として虚《むな》しい馬鹿騒ぎをやめた。どうあっても逮捕してもらえないのだろうか。あの刑務所の島が、はるかに手の届かない楽園のように思えてきた。冷たい風にさらされて薄い上着のボタンを掛けた。

煙草屋《たばこや》に身なりの良い男がいた。揺れる灯火で葉巻に火をつけようとしている。入口脇に立てかけた絹の雨傘は、店に入って置いたのだろう。ソーピーは店内に踏み込んでから、この傘を手にして、そのまま急ぐことなく歩きだした。葉巻に火をつけていた男があわてて追ってくる。

「おれの傘だ」きつい声で男は言った。

「え、そうかい?」ソーピーはにやりと冷笑し、けちな窃盗をなおさら腹立たしいものにした。「じゃあ、警察でも呼ぶか? こいつはもらったぜ。おまえの傘だと? ほら、お巡りを呼んだらどうだ。あそこで辻《つじ》の番に立ってるじゃねえか」

傘の持ち主は足が鈍ったようだ。ソーピーも歩速を落としながら、また運に見放されるのかという予感が働いていた。巡査はこの二人に目を留めたらしい。

「そりゃあ、まあ」傘の持ち主は言った。「だから、その——こういう間違いはあるもんだから、もしこれが——あんたの傘だったら、そう思って勘弁してくれよ。そいつは、けさレストランで見つけて拾ったんだ。あんたのだったら返すから、そういうことで、な」

「そうだよ、おれの傘だ」ソーピーは嫌みたっぷりに言った。

雨傘の元持ち主が引き下がった。巡査は歩行者の保護に急行している。長身のブロンド婦人が夜会にでも行きそうな豪華な装いをして、二ブロック先まで市電が来ている街路を渡ろうとしているのだった。

ソーピーは東へ進んだ。工事で掘り返された道の穴に傘をたたき込んで、ぶつぶつと悪態をついている。硬い帽子をかぶって警棒を振りまわす連中は、こっちから捕まってやろうとすると、かえって手を出そうともしやがらねえ。おれは天下御免の王様じゃねえんだぞ。

だいぶ東へ歩いた街角で、もう街の灯もざわめきも、すっかり薄らいでいた。このあたりで元のマディソン・スクエアの方角へ顔を向ける。帰巣《きそう》本能というものだ。たとえ公園のベンチでも巣と言えば巣である。

だが、やけに静まり返った一角で、ソーピーの足がぴたりと止まった。古い教会があったのだ。でたらめに建てたような造りで、屋根に破風《はふ》が載っている。すみれ色のステンドグラスからやわらかな光が洩《も》れていた。オルガニストが今度の日曜日にそなえて讃美歌《さんびか》をしっかり弾けるように鍵盤《けんばん》の指ならしをするらしく、やさしい調べが外にも流れてきて、ソーピーの耳をとらえた。ソーピーは敷地の鉄柵《てっさく》で動けなくなっている。

夜空にかかる月が静かな光を放っていた。ほとんど交通の途絶えた道だ。とろんと眠そうな雀《すずめ》が教会の軒でさえずった。このときばかりは田舎の教会のようだったと言ってよかろう。オルガンの讃美歌はソーピーを鉄柵にへばりつかせていた。ずっと昔、よく知っていた歌なのだ。その当時ならソーピーの生活にも、しかるべきものがそろっていた。母親がいて、バラの花があった。立派な人になりたいとも思った。友人がいた。考えることも、衣服の襟《えり》も、さっぱりときれいだった。

こうして心の感度が上がり、古い教会が醸《かも》し出す雰囲気と相乗して、いきなりソーピーの魂に驚くべき変容が生じていた。みずから転落してしまった深い穴を見て、ぞくりと恐怖を覚えたのだ。これまでの堕落した日々、つまらない欲望、死んでいった希望、無駄にした才能、下卑た動機——そんなものを見て、これが自分の総体だと思ってぞっとした。

新しい心境になって、ただちに脈打つような反応が生じた。こんな破れかぶれの運命とは戦わねばならぬという思いがこみ上げたのだった。もう泥沼から這《は》い出そう。真人間に戻ろう。身についた悪に打ち克《か》とう。まだ時間はある。たいして年を食っているわけではない。やる気を取り戻して、その心がけをゆるがせにしない。いま流れる荘重かつ甘美なオルガンの調べが、この男の内部に革命をもたらしていた。あすは都会の中心へ打って出て仕事をさがそう。そう言えば毛皮を輸入する男の運転手になるかと言われたことがあった。あした訪ねていって聞いてみよう。社会で生きる人間になろう。おれだって——

すると腕をつかまれる感触があった。とっさに振り向けば、巡査の顔が大きく迫っていた。

「こんなところで何してる」

「いや、べつに」

「ちょっと来い」

「島で三カ月」翌朝の即決裁判で判事が言った。

水車のある教会

The Church with an Overshot-Wheel

レイクランズという村が、しゃれた避暑地の案内書に載るようなことはあるまい。カンバーランド山脈から出た低い支脈の山の中で、クリンチ川から分かれた小さな支流に面している。村自体は二十数戸のひなびた集落だ。さびれた鉄道の狭軌の線路が敷かれていた。こんなところへ鉄道が来るとは、さては松林で迷子になった鉄道が孤独に耐えきれずレイクランズへ逃げてきたか、それともレイクランズが迷子になって線路端でうずくまり、連れ帰ってくれる列車を待っているのか。

なぜ村の名前がレイクランズなのか、それも不思議なことだろう。湖があるわけではなく、どうという土地に恵まれたわけでもない。

村から半マイルほど行くと、イーグル・ハウスという大きな古屋敷がある。ここではジョサイア・ランキンが宿屋を営み、安い経費で山の空気を吸っていたい客を泊めていた。とんちんかんな経営ぶりが愉快である。あちこち改修したおかげで、ますます古くなったようだ。いいかげんに放ったらかして取り紛れているところなど、自分の家にいるように気が休まる。だが、ここへ来れば、さっぱりした部屋があって、うまいものを食っていられる。あとは自分の身体《からだ》を松林へ運んでいけばよい。自然の恵みはありがたいものだ。鉱泉があって、ぶどうの蔓《つる》のブランコがある。クロッケーの球を打って遊ぶ場所もあり、木の球をくぐらす門までも、ここでは木でできている。人工の楽しみは多くない。週に二度、野趣のある会場でダンスパーティーがあり、バイオリンとギターの音楽が流れるくらいなものだろう。

イーグル・ハウスへ来る客は、余暇を必需品としていた。もちろん保養にもなっているのだが、また必要だから来ようとする。ふだん忙しくしている人たちだ。もし時計になぞらえて言うならば、一年ずっと歯車を動かしているためには、二週間ばかりネジを巻く時間が欲しいのである。たとえば、下の町から上がってくる学生がいる。芸術家もいる。山の地層を調べようという学者もいる。もの静かな家族連れが避暑に来ることもある。またレイクランズで「女先生」という言い方をされる我慢強い女性が、ついに我慢しきれなくなって、一人、二人とやって来る。

ここから四百メートルほど離れて、なかなかの見どころと言ってもよさそうな場所がある。もしイーグル・ハウスが観光案内を発行したら、そのように書かれたことだろう。ずっと昔には水車だったが、いまは水車ではなくなった。ジョサイア・ランキンの言葉を借りれば、「そりゃあ、水車のある教会なんて、アメリカでもここだけ。

会衆席とパイプオルガンのある水車小屋なんて、世界でもここだけ」ということになる。イーグル・ハウスに泊まっている客は、日曜日ごとに古い水車教会へ行って、いつものように牧師の説教を聞いた。キリスト教徒が魂を清められるということは、小麦粉が細かくなるようなものである。まず篩《ふるい》にかけられて、さらに経験と苦難という挽《ひ》き臼《うす》にすり潰《つぶ》され、しっかり役立つ粉になる、というのだった。

毎年、初秋の頃になると、エイブラム・ストロングという人物がイーグル・ハウスへやって来て、しばらく逗留《とうりゅう》した。なじみの上客である。レイクランズでは「神父のエイブラムさん」で通っていた。みごとな白髪で、やさしく頼もしい赤ら顔をして、陽気に笑っている。黒い服に身を包み、大きな帽子をかぶっているところなど、いかにも神父めいていた。新規の泊まり客でさえ、知り合って三日か四日もすれば、気安く「神父さん」と言うようになった。

近在の人ではない。はるばるレイクランズへやって来る。自宅は北西部のにぎやかな都会にあり、そっちに製粉所を持っている。これは会衆席とオルガンのある水車小屋どころではなく、ものすごい山のような大工場が立ちならんで、まるで蟻塚《ありづか》を這《は》いまわる蟻のように貨物列車がひっきりなしに出入りする。ところが神父のエイブラムと教会でもある水車小屋の話は、一度に語らねばならない。おおいに関わりがあるからだ。

その昔、まだ教会が水車小屋だった頃は、ここでストロング氏が粉を挽いていた。あれほどに愉快で、粉まみれで、働きづめで、幸せそうな粉屋は、どこにもいなかった。水車の前には道があり、その向かいに小さな家があった。商売上手とは言えないが手間賃は安かったので、仕事を頼もうとする人は、わざわざ山道を下って小麦を運んでくるのだった。

粉屋には小さな娘がいて、これが生きる楽しみにもなっていた。名前をアグライアという。よちよち歩きの金髪娘にギリシャの美神のような大層な名がついていたのだが、山地の住民は堂々たる響きのよい名前を好むものだ。この子の場合は、母親が何かの本で見つけて、それで決まった。ところが幼いアグライア自身が、この名前をいやがった。正式にはともかく、ふだんの生活では、本人が「ダムズ」だと言ってきかない。粉屋夫婦は何度も娘をなだめすかして、わけのわからない名前をどこで仕入れたのか聞きだそうとしたのだが、一向に要領を得なかった。結局、ぼんやりした推論にたどり着いただけだ。小さな裏庭にシャクナゲの花壇があり、この子はひどく気に入っていた。好きな花を見ながら何かしら感じることがあったのかもしれない。

アグライアが四歳になった頃、父と娘に午後の習慣ができあがった。天気がよければ毎日欠かさず、ちょっとした遊びが水車小屋で行われたのだ。夕食の支度が調うと、母親が娘の髪にブラシをかけてやり、さっぱりしたエプロンをつけさせてから、向かいの水車小屋へ使いに出して、父親を連れ帰ることにする。粉屋は娘が小屋の入口へ来ると、粉だらけのまま寄っていって、手を振り、昔ながらの粉屋の唄《うた》を口ずさんだ。この近在では知られた唄で、ほぼ次のようなものである。

水車がまわって、粉が挽かれて
粉屋は陽気に粉まみれ
日がな一日、唄ってすごし
あの子を思って働けば
身を粉にするのも楽なもの

するとアグライアが笑いながら飛びついて、「とーさん、ダムズをおうちへ連れてって」と言うので、粉屋は娘をひょいと肩に抱き上げ、粉屋の唄をうたいながら夕食に向けて歩きだした。毎日、夕方になると、こんなことがあったのだ。

ある日、四歳の誕生日から一週間たっただけで、アグライアがいなくなった。自宅前の道端で野の花を摘んでいる姿を見られたのが最後である。あまり遠くへ行かせてはいけないと思って母親が外へ出たときには、もう娘は消えていた。

当然、あらゆる手をつくして行方をさがしている。住民が総出になって、周辺何マイルもの野山を見てまわった。水車の用水路も川の本流も、堰《せ》き止め箇所からずっと下流まで捜索した。それでも手がかり一つ出てこない。事件の一日か二日前に、流れ者の一家が付近の木立で野営をしたというので、まさか誘拐したのではあるまいかと思って追跡し、幌馬車《ほろばしゃ》の中を調べたのだが、娘は見つからなかった。

それから二年ばかり粉屋は水車小屋にとどまったが、ついに再会の望みも絶えてしまって、夫婦は北西部へ去っていった。わずか数年のうちに、ある製粉業の盛んな都市で工場を持つにいたっている。だが粉屋の女房はアグライアを失った痛手から立ち直ることはなく、あの小屋を出てから二年後に、粉屋は悲しみを一身に負うことになった。

その後、エイブラム・ストロングは事業に成功して、なつかしいレイクランズと水車小屋を再訪した。悲しい思い出の土地ではあるが、名前にふさわしく強い男であって、にこやかな態度を崩さなかった。このとき、古い水車小屋を教会に改装したらどうか、と思いついている。貧乏村のレイクランズには教会さえなかった。もっと上の山にいる住人は、もっと貧乏なのだから、なおさら資金の出しようがない。祈りの場所らしきものが二十マイル以内にないのだった。

外観としては、なるべく現況のままに保存した。だから大きな水車も昔どおりに残された。教会へ来る若い人だと、以前、朽ちかけた木材の表面にイニシャルを彫りつけたこともあった。川にかかる堰はだいぶ崩れて、きれいな渓流が石だらけの川床をさらさらと流れるにまかせていた。だが小屋の内部には、かなり手を入れている。水車の心棒、挽き臼、ベルト、滑車などは取りはずしかなかった。そうしておいて二列にベンチを置き、縦に出入りの通路をつけている。小屋の一方に寄せて説教台のある壇を設けた。三方には頭上に張り出した二階席があって、内階段で上がっていける。上階にオルガンが置かれた。本物のパイプオルガンということで「旧水車小屋教会」に集まる人々の自慢の種になった。フィービー・サマーズという女性がオルガニストを務めて、レイクランズの若い者は日曜日ごとの礼拝でオルガンに風を送る役目を順番に受け持って喜んでいた。牧師になったのはベインブリッジという人で、わざわざスクワレルギャップから老いた白馬に乗って毎回欠かさず下ってきた。そんな費用の一切をエイブラム・ストロングが引き受けたのだ。ベインブリッジ師には年に五百ドル、ミス・フィービーには二百ドルを支払っている。

というわけで、アグライアの思い出のために、この娘も暮らしたことのある村の恵みとなるように、昔の水車小屋が教会になったのだ。小さな子供の短かった生涯は、ありきたりな人間が七十まで生きたよりも大きな善をもたらしたと言えるのかもしれない。だが、エイブラム・ストロングが娘の思い出のために建てた記念碑は、これだけではなかった。

北西部の製粉所から、アグライアという商品名の小麦粉が、とびきり高品質の小麦を原料として出荷された。この「アグライア」は二重価格になっていることが、まもなく知れ渡った。最高の市場価格で売られるかと思うと、その一方では――無料になる。

どこかで大きな災害があって人が難儀をすると――火事、洪水、竜巻、スト、飢饉《ききん》、そんなものがあると、ただちに「アグライア」が惜しげもなく無料の委託販売に供された。配り方には抜かりがなく、ともかく無料なのであって、困っている人から金を取ろうとはしなかった。よく言われるようになったことだが、貧乏人の住む界隈《かいわい》で大火があると、まず消防隊長の馬車が現場に駆けつけ、次に「アグライア」を積んだ荷馬車が来て、それから消火の部隊が来たそうだ。

これがエイブラム・ストロングがアグライアのために建てた、もう一つの記念碑だ。

詩人の精神で考えれば、こんな話では実用性がありすぎて、美しい詩にはならないかもしれないが、ものは考えようである。小麦粉が思いやりの使命を帯びて飛んでいて、いなくなった娘の記念となり、これぞ純真な乙女の心に譬《たと》えてもよいと思うなら、うるわしい物語にもなるだろう。

さて、カンバーランド山脈の一帯に、多事多難の年が来た。どこでも穀物は不作で、地場の産品は一向に振るわなかった。鉄砲水が出て土地が荒れた。山の猟師も獲物を見つけられず、ほとんど手ぶらで帰ってくるので一家が食うや食わずの有様だ。とりわけレイクランズの村では、厳しさが実感されていた。

これを聞いたエイブラム・ストロングは、ただちに指示を飛ばした。狭軌の鉄道を走れる小型の貨物車がやって来て、「アグライア」の小麦粉を下ろした。この荷を旧水車小屋教会の二階席に積んでおけ、という指示も出ていた。教会へ来る人は誰でも一袋ずつ持って行けるのだった。

二週間後、エイブラム・ストロングはいつものようにイーグル・ハウスを訪れて、この年も「神父のエイブラムさん」になった。

今季はイーグル・ハウスに客が少なかったが、その少ない中にローズ・チェスターという若い女がいた。アトランタでデパートの店員をしていて、休暇で遠出をしたのは初めてなのだという。デパートの店長夫人が以前イーグル・ハウスへ来たことがあった。この夫人がローズを気に入っていて、三週間の休暇があるなら行ってごらんと勧めたのだった。紹介状まで書いているので、受け取ったランキンの女房は喜んで娘の世話係になっていた。

ミス・チェスターは、あまり丈夫ではなかった。年格好は二十歳くらい。ふだん屋内にいるせいだろうが、色白で、線が細い。だが、レイクランズへ来て一週間もたつと、見違えるように明るく元気になった。九月初旬。このあたりの風景が映える季節である。そろそろ山の木々が秋の色に染まりだして、空気はシャンペンになったように香《かぐわ》しく、また夜の涼気が格別なものであるだけに、ぬくぬくとイーグル・ハウスの毛布にくるまっているのが楽しみになる。

神父のエイブラムと、ミス・チェスターは、すっかり仲良くなった。老いた粉屋は、宿の女将《おかみ》から話を聞いてまもなく、細腕《けなげ》で健気に暮らしを立てているという一人旅の娘を気にかけるようになった。

ミス・チェスターは山地へ来たことがなかった。ずっと暮らしていたアトランタは、暖かい平地の町である。カンバーランド山脈の壮大な変化に富む風景に、心をときめかせていた。ここでの時間を一瞬たりとも無駄にしたくなかった。なけなしの貯金と宿賃を突き合わせて計算し、これから仕事に戻るまでに乏しい残高がどこまで減るのか、ほとんど一セント単位で承知していた。

神父のエイブラムと親しくなったのは、もっけの幸いと言えた。もともとレイクランズ近辺に土地勘のある男で、山道も、峰も、麓《ふもと》も、よく知っていた。いろいろ教わったことがある。針葉樹の森の薄暗い傾斜道を行く心境を知り、ごつごつした岩に宿る威厳を知り、また水晶のように澄みきった清爽《せいそう》な朝を、神秘の悲しみをたたえた夢のような黄金色の午後を知った。身体の調子が良くなって、心まで晴れやかになっている。娘らしくもあるが、エイブラムの名物笑いに負けないくらいの、おおらかな笑いを発することもあった。二人とも素地は楽天家であり、屈託のない顔をしていることもできたようだ。

ある日、ミス・チェスターは、泊まり客の話から、神父のエイブラムには子供が行方知れずになった過去があることを知った。そうと聞いて駆け出していったら、粉屋はお気に入りの場所に坐《すわ》っていた。鉱泉の脇《わき》に、粗削りな材木でベンチができている。かわいらしい友人がさっと手をとって、涙を浮かべて見つめてくるのだからエイブラムも驚いた。

「すみません、神父さん。あの、ちっとも知りませんでした。お嬢さんがいたんですね。きっと会える日が来ますよ。ほんとに、そう思います」

粉屋は娘を見おろして、いつもの頼もしい笑顔を見せてやった。

「ありがとう、ローズさん」すぐに明るい声になったのも、この男らしいところだ。

「でもアグライアに会えるとは思ってないんだよ。あれから何年か、たぶん浮浪者に誘拐でもされて、ともかく生きているんだろう、なんてことも考えたが、そういう望みもなくしてしまった。きっと川で溺《おぼ》れたんだろうな」

「わかるような気がします。よくないことを考えて、なおさらつらくなるんですよね。それなのに、神父さんて、いつも明るくて、ほかの人の重荷を軽くしてくれるんですから、ほんとに立派な神父さんなんですね」

「ほんとに立派なローズさんだね」粉屋は笑いながら娘の口ぶりを真似《まね》た。「そうやって人のことを考えるのは、なかなかできることじゃない」

するとミス・チェスターが少々いたずらっ気を出したようだ。

「あの、神父さん」と声を強める。「わたしがその娘さんだったりしたら、すごいことですよね？　ロマンチックでしょう？　わたしが娘だということになったら、どうでしょうか？」

「そりゃあ、いいだろうよ」粉屋は素直に心から受け止めた。「もしアグライアが生きていて、あんたみたいな娘になっていてくれたら、こんなにいいことはないだろう。いや、ひょっとして、あんたなのかもしれないね」粉屋も、この洒落《しゃれ》に付き合ってみたい気分だった。「水車小屋で暮らしたのを覚えてやしないかい？」

ミス・チェスターはするりと真剣な顔に切り替わって考えた。くりっとした眼がぼんやり遠くを見つめている。これだけ急に真顔になったのを、神父のエイブラムはおもしろがった。この顔のまま、娘はしばらく黙った。

「いえ」ようやく口をきいて、ふうっと溜息《ためいき》をつく。「だめです。そういう記憶は全然ありません。水車小屋なんて、あの小さなおもしろい教会を見たのが初めてです。わたしがお嬢さんだったら、そんなのおかしいですよね？　ごめんなさい、神父さん」

「たしかに残念なことだね」神父のエイブラムは話を合わせてやった。「でも、ローズさん、うちの娘だった記憶がなくても、どこかの娘さんだったんだよね。ご両親の記憶はどうなのかな」

「それはもう、覚えてます。とくに父のこと。でも神父さんとはちっとも似てませんでした。あの、さっきは、つい嘘《うそ》みたいなこと言っちゃいました。じゃ、もう休憩は充分ですよね。鱒《ます》が泳いでる池があるから、午後にでも連れてってあげようっておっしゃいましたよ。わたし、鱒って見たことないんです」

ある日、夕方近くの刻限に、神父のエイブラムは昔の水車小屋へ向かった。よく一人で坐って、向かいの家に住んでいた日々を思うことがある。これだけ時間がたてば、だいぶ悲しみの角もとれたようで、いまさら思い出してつらくなることもないのだが、もの悲しい九月の午後に坐っていて、よく「ダムズ」が金色の巻毛を揺らしながら駆け込んできたのだと思うと、レイクランズではおなじみの笑いが神父の顔に浮くことはなかった。

粉屋はくねくね曲がる坂の道をゆっくりと上がった。木の枝が迫ってくるので木陰を歩くことになる。帽子は手に持っていた。右側にある古い柵《さく》をリスがちょろちょろと走った。麦畑の刈り株でウズラが雛《ひな》を呼んでいる。だいぶ傾いた日が、西向きの渓谷に薄い金色の光を流し込んだ。九月の初旬！　あと数日でアグライアがいなくなった日になる。

大きな水車が、もう半ばは蔦《つた》に覆《おお》われて、あたたかな木洩《こも》れ日を斑《まだら》模様に受けていた。向かいの小さな家は、いまのところ建ったままでいるが、この次に冬の山風が吹き下ろしたら、それで倒れてもおかしくない。アサガオやひょうたんの蔓が全体にからみついて、ドアは一つの蝶番《ちょうつがい》だけで立っていた。

神父のエイブラムは、水車小屋の入口を押し開けて、そっと中へ入った。すると足が止まって、はたと考えた。人がいるのではないか。悲痛な泣き声を聞いたような気がした。眼をこらすと、薄暗い席にミス・チェスターが坐って、両手で持った手紙に顔をくっつけそうになっていた。

神父のエイブラムは、がっしりした手を力強く娘の手に添えてやった。眼を上げた娘は、声にならない声で神父に呼びかけ、さらに何か語ろうとした。

「いいんだよ」粉屋がやさしく言った。「まだ話さなくていい。悲しいことがあるなら、一人で泣いてしまうのが一番だ」

老いた粉屋は、自分が悲しい目に遭っただけに、人の悲しみを追い払う魔法を心得ていたようだ。ミス・チェスターの泣き声が次第におさまった。ほどなく質素なハンカチを取り出すと、神父の大きな手に一粒、二粒とこぼれ落ちていた涙をぬぐっている。それから顔を上げ、涙の目で笑ってみせた。涙が乾くより先に笑える娘なのだった。神父のエイブラムが悲しくても笑えたのと同じだ。この二人はそういうところがよく似ていた。

粉屋は何も聞こうとしなかったが、ミス・チェスターが問わず語りに語りだした。よくある話だ。若い者には重大事だろうが、年を重ねた者は昔を思い出して苦笑する。お決まりの恋物語。アトランタに、こんないい人はいないというような若い男がいて、それがまたミス・チェスターのことを、アトランタにこんないい人はいない、グリーンランドからパタゴニアまでさがしたって、こんな人はいるものではないと考えた。ミス・チェスターは読んで泣いていた手紙を神父のエイブラムに見せたのだが、じつに男らしい、やさしい手紙だった。いささか大仰で、切迫している。こんなにいい人はいないというような若い男が恋文を書けば、こんな調子になるだろう。すぐに結婚してほしいと書いてある。あなたが三週間の休暇でいなくなってから、どれだけ生きるのが難しいか。いますぐ返事を知らせてほしい。よい返事がもらえたら、線路が狭軌だろうが何だろうが、ただちにレイクランズまで急行する、ということだ。

「で、どこがいけないんだい?」手紙を読んだ粉屋が言った。

「わたし、結婚できないんです」

「そういう気持ちはあるんだろう?」

「ええ、愛してます。でも――」またミス・チェスターは下を向いて泣きだした。

「ほらほら、ローズさん、思いきって聞かせておくれ。よけいな口を出す気はないが、これでも信用できる男のつもりだよ」

「もちろん信用してます。聞いてください。どうしてラルフと結婚してはいけないのか——。わたし、名無しなんです。ほんとに誰だかわからないんです。ローズ・チェスターなんて名前はでたらめ。ラルフは立派な家の人です。いくら心から愛していても、あの人の奥さんにはなれません」

「どういう話だね？ ご両親の記憶はあると言ってたじゃないか。それで名前がない？ どういうことかな」

「たしかに親の記憶はあります。ありすぎるくらい。ずっと前まで思い出すと、深南部のどこかに住んでたような気がします。いろんな町、いろんな州へ、何度も引っ越しました。わたし、綿花を摘んだり、工場で働いたりしてます。それでも食べるもの着るものに不自由してました。母はやさしいこともあったけど、父はおっかない人で、よく打《ぶ》たれました。どっちにしても、ぐうたらな、腰の落ち着かない両親だったと思います。

ある晩、アトランタ付近で、川のある町に住んでいた頃ですが、二人が大喧嘩《おおげんか》したんです。とんでもない言い合いになって、それで——聞いてしまったんです。わたし、あの、神父さん——よけいな子みたいでした。わかります？ 名前を持つことすらできない、どうでもいい子だったんです。

その晩、わたし、逃げました。歩いてアトランタまで行って、仕事を見つけたんです。名前はローズ・チェスターってことにしました。それからずっと一人で暮らしてます。もう、おわかりですよね。ラルフとは結婚できません。わけを話すことだって、できないんです」

神父のエイブラムは、やたらな同情よりも、憐憫《れんびん》よりも、役に立つことをした。若い女の嘆きを軽くあしらったのである。

「なああんだ、そんなことか。いやはや何かと思えば——。あんたの好きな文句なしのいい男が、ほんとうに男らしいやつならば、あんたの家系なんか、これっぽっちも、麦一粒の皮ほどにだって、気にするもんかね。なあ、ローズさんや、ようく聞きなよ、その男はあんたという女が好きなんだろう。いま話してくれたように、洗いざらい言ってやればいい。きっと笑いとばして、よく言ってくれたと思って、もっと好きになってくれるだろう」

「だめです。言えません」ミス・チェスターは悲しげに言った。「あの人とも、誰とも、結婚なんてしません。そういう女じゃないんです」

すると、陽の当たる道を、長い影がひょこひょこと上がってきた。その傍らに短めの影もひょこひょこやって来る。まもなく二つの人影が教会に近づいた。長い影は練習に来たオルガニストのフィービー・サマーズ。短いほうは十二歳のトミー・ティーグが投げる影だった。この日、オルガンに風を送る係になっていたトミーには、素足の爪先《つまさき》で土埃《つちぼこり》を蹴立《けた》てるくらいは望むところなのだった。

ミス・フィービーは、ライラックの花柄をあしらった更紗《サラサ》のドレスを着て、小さく整った巻毛を左右の耳に垂らしていた。そのフィービーが膝《ひざ》を折り曲げて、神父のエイブラムに挨拶《あいさつ》をする。ミス・チェスターにも顔を向けるので、巻毛がご丁寧に揺れた。それから助手を連れて、オルガンのある上階へ、急な階段を上がっていった。

だんだんと濃くなる影の中に、神父のエイブラムとミス・チェスターは、じっと動かなくなっていた。それぞれの記憶を懸命にたぐろうとしていたのかもしれない。椅《い》子《す》に坐っているミス・チェスターは、片手を頰にあてがって、遠くを見つめる目になっていた。エイブラムは会衆席の通路をはさんで立って、ものを思いながら入口の外の道をはさんだ廃屋を見やっていた。

すると突然、この場が一変して、二十年近くも前の過去へ戻っていた。トミーが夢中でオルガンに空気を送り込み、その風量のテストとしてミス・フィービーがずっと下の低音を鳴らしたのだ。それでもうエイブラムにとって、ここは教会ではなくなった。小屋を揺るがして響く低い音は、もうオルガンの音ではない。水車が粉を挽く仕事の音だ。大きな水車が回りだしたとしか思えなかった。彼も昔に戻った。山の中の古い水車小屋で、粉にまみれる陽気な粉屋だ。もう日暮れなのだから、まもなくアグライアが得意な顔でやって来る。とことこ道を越えてきて、父親を夕食に連れて行こうとする。エイブラムの目は、向かいの家の壊れたドアだけを見ていた。

また一つ、驚くべきことがあった。張り出した上階には、ずらりと小麦の袋が積まれていたのだが、どれか一袋がネズミに囓《かじ》られてでもいたのだろうか、ともかく深々としたオルガンの音に揺さぶられ、板材の隙間《すきま》からさあっとこぼれる粉があって、エイブラムの全身が白い粉にまみれた。すると老いた粉屋は通路へ進み出し、大きく腕を振って、粉屋の唄を歌いだした。

水車がまわって、粉が挽かれて
粉屋は陽気に粉まみれ

このあとは奇蹟《きせき》の後半である。ミス・チェスターは席から身を乗り出し、小麦粉のような白い顔色になって、白昼夢でも見るかのように、神父のエイブラムさんである男に大きく目を見開いていた。歌いだした粉屋に向けて手を広げる。唇が動いて、夢見る声で呼びかけた。「とーさん、ダムズをおうちへ連れてって!」

ミス・フィービーが低音のキーから指を離した。しかし、もう充分だ。オルガンが放った音は、閉じた記憶のドアを打ち破っていた。神父のエイブラムは行方不明だったアグライアを抱きしめた。

もしレイクランズへ行くことがあれば、それでは話が終わらないと村人には言われるだろう。あとになって事の次第がわかったのだ。あの九月の日に、きれいな子がいると思った流れ者に連れ去られて以来、粉屋の娘がたどった物語がおおよそ判明したそうである。だが、どうせ聞くなら、イーグル・ハウスの日陰になったベランダで、のんびり坐って聞くがよい。いまはまだ、ミス・フィービーの深い低音がやわらかな余韻を引いているうちに、ここでの話を終えるとしよう。

だが、もう一つ、エイブラムと娘がうれしさに口をきくのも大変になって、暮れなずむ道をイーグル・ハウスへ戻っていったあたりが、たいした聞かせどころではないかという気もする。

「父さん」おずおずと言いにくそうに娘が言った。「お金持ちなんだっけ?」

「金持ち?」粉屋は言った。「そうであるような、ないような。お月さまを買ってくれとか何とか、そんな高い買い物でなければ、どうにかなる」

「すっごく高いのかしら」アグライアは言った。つましく小銭を数えて生きてきた子なのだ。「アトランタまで電報を打つとしたら」

「ほう、そうか」父のエイブラムに小さな溜息が出た。「なるほど。ラルフを呼びたいんだな」

アグライアはやさしい笑顔になって見上げた。

「ちょっと待ってねって打ちたいのよ。父さんを見つけたばかりだから、しばらく二人でいたい。ラルフには待っててもらおうかと思うの」

手入れのよいランプ

The Trimmed Lamp

どっちから見るかという話には違いないが、ここでは裏返して考えよう。よく女店員を「ショップガール」などと言う。そういう人種はいない。ショップで働くガールなら存在する。そうやって暮らしを立てている。だが職業をかぶせて「何とかガール」と称したら公平を欠く。五番街に暮らす若奥様を「結婚ガール」とは言わないだろう。

ルーとナンシーは仲の良い二人組だった。都会へ出たのは仕事を求めてのことである。郷里に引っ込んでいても食うや食わずの貧乏だ。ナンシー十九歳、ルー二十歳。どちらも愛くるしく元気な田舎娘である。女優になって舞台に立とうというような高望みはしていなかった。

下界を見る小さな天使の計らいで、この二人は安いけれども悪くはない下宿屋に落ち着いた。うまく働き口が見つかって、賃金を稼ぐようになる。仲が良いことに変わりはない。さて、それから半年後のことである。その時点での二人に会っていただきたい。では、知りたがりの読者に紹介しよう。こちらがナンシーさんとルーさん。いま握手をしながら、さりげなく相手の服装にご注意を――。そう、さりげなく――。この二人だって露骨な視線はいやがるに決まっている。馬術大会をボックス席で観覧中のご婦人をじろじろ見てはいけないのと同じこと。

ルーは歩合制で洗濯屋のアイロン掛けをしている。いま着ている紫色の服が身体《からだ》に合っているとは言いがたい。帽子の羽根飾りは四インチほど長すぎる。白イタチのマフと襟巻《えりま》きを買ったら二十五ドルだったが、もう少し時季をずらしていれば、イタチのお仲間も値下がりして、ウィンドーに出る値札は七ドル九十八セントになるだろう。だがルーは頰の血色がよく、薄青い目が明るい。満足感に輝いている。

ナンシーは、いわゆるショップガールだ。そのように呼び習わすとすれば、そういうことになる。人間に典型などはないのだが、ゆがんだ時代の趣味は度しがたく、いつも何かしらの典型が求められる。そんなものとして書いておけば、髪型はポンパドール、その前髪をふくらませて持ち上げるから、額がくっきり目立っている。スカートは低級品ながらフレアの具合はよさそうだ。いまだ冷たい春の風をしのぐ毛皮は持ち合わせていないが、短めのブロードクロスのジャケットを、ペルシャ産の子羊でもあるかのように颯爽《さっそう》と着こなしている。これでも飽き足らない典型趣味の読者のために、顔立ちの話もしておこう。この顔、この目には、典型的なショップガールの表情があった。静かに敵を嘲笑《あざわら》う顔なのだ。虐《しいた》げられた女性からの反抗である。いずれ復《ふく》讐《しゅう》の時が来るという悲しい予言の顔でもある。思いきり笑っても、この表情は消えない。ロシアの農民もこんな目をしているのではないか。もし天使ガブリエルが大予言をもたらす日まで長生きしたとすれば、その顔にも見えるだろう。ところが、これを見てたじたじとなってもよいはずの男どもが、にやけた顔をして縁結びを願う花束を差し出す例もあったようだ。

では、紹介はこれまで。帽子をとって挨拶《あいさつ》したら、もう引き下がっていただこう。ルーは明るく「さよなら」と言うだろうし、ナンシーの顔には皮肉まじりの可愛い笑みが浮くだろう。名残惜しそうに笑ってくれるのではあるけれど、屋根を越えて星空へ舞い上がる白い蛾《が》のように、あえなく消える笑顔である。

この二人が街角でダンを待っていた。ダンというのはルーのお相手である。忠実な男？　そう。たとえメリーさんの羊がいなくなって四方八方に呼び出しをかける羽目になったとしても、ルーさんのダンがいなくなることはない。

「ねえ、寒くないの？」とルーが言った。「あんたもよくやるよね。あんな昔ながらの店で働いて週に八ドルじゃないの。あたし、先週は十八ドル五十セントになった。そりゃね、カウンターに立ってレースを売ってるのにくらべれば、アイロン掛けなんて全然かっこよくないけどさ。お金にはなる。十ドル以下の人なんていないもん。かっこ悪くたって、ちっとも恥ずかしい仕事じゃないし」

「どうぞご自由に」ナンシーは鼻の頭をつんと上に向けた。「あたしは八ドルと狭苦しい寝室でいいの。しゃれた品物があって、すごい人が来る職場がいいわ。だってチャンスがあるじゃない！　こないだも手袋売場の子が結婚したのよ。お相手はピッツバーグの製鉄業というか、鍛冶屋《かじや》というか、そんなような人で資産は百万ドル。あたしだって、いつかはそうなる。べつに美人だとか何とか自慢しやしないわよ。だけど、もし大きなチャンスがあるなら逃がしたくない。洗濯屋にいたって見込みはないもの」

「あら、あたしは洗濯屋にいたからダンに出会ったのよ」ルーは得意そうに言った。「ダンが襟《えり》付きのシャツを洗濯に出して、取りに来たとき見たんだって。あたし、一番の台でアイロンを掛けてたから。いつも一番は取りっこになるのよ。その日はエラ・マギニスが病気で休んで、あたしが代わりになれた。まず腕が見えたってダンは言ってた。ぽっちゃり白かった、なんてね。あたし腕まくりしてた。洗濯屋って、案外、いい男が来るのよ。そういう人は衣類をスーツケースに入れて、さっそうと店に入ってくる」

「ねえ、ルー、いま着てるブラウスどうにかならない？」ナンシーは瞼《まぶた》の厚い目に遠慮のない色を浮かべて、みっともない衣装を見下ろした。「趣味悪いよ」

「これが？」ルーはびっくり眼《まなこ》でぷんぷん怒ったように、「でもこれ十六ドルで買えたのよ。ほんとなら二十五ドルでもおかしくない。洗濯に出した人が、ちっとも取りに来なくなって、店の旦那《だんな》さんがあたしに売ってくれた。ほら、こんなにたくさん手縫いの刺繡《ししゅう》が入ってるじゃない。そっちこそ何の飾りっ気もないもの着ちゃって」

「この飾りっ気のないものこそ」ナンシーは落ち着き払って応じた。「ヴァン・オルスタイン・フィッシャー夫人の仕立てと同じなのよ。去年のお買い上げが一万二千ドルという噂《うわさ》の人なんだけどね。これは、あたしの手作りだから、一ドル五十セント。ちょっと見にはわからないでしょ」

「ま、いいわ」ルーは気さくに言っている。「飢え死にしそうになっても格好つけていたいなら、そうしなさいな。あたしはいまの仕事でしっかり稼ぐ。時間外には、できる範囲でお洒落《しゃれ》する」

こんな話をしているとダンが来た。既製品のネクタイを締めた堅実な若者だ。この都会のブランドになった浮ついた気質は免れている。週給三十ドルの電気工が、いまルーを見る目には、ロミオのごとき悲しみが浮いた。こんな刺繡のブラウスを着ていたら、どんな蠅《はえ》でも喜んで飛び込む蜘蛛《くも》の巣みたいなものではないか。

ルーが二人を紹介した。「こちら、お友だちのオーエンスさん――。こちらがミス・ダンフォース、握手をどうぞ」

「どうも、初めまして、ミス・ダンフォース」と、ダンは手を差し出した。「よくルーから聞いてますよ」

「あ、どうも」ナンシーは指先だけで、ダンの手にさらりと触れた。「あたしも聞いてます。たまに」

ルーが笑い声を上げた。

「ねえ、ナンシー、その握手もフィッシャー夫人の流儀なの？」

「そうかしら。なんなら真似《まね》してもいいわよ」

「いえ、間に合ってます。お上品すぎるわ。そういうのってダイヤの指輪をひけらかす手つきじゃないの。ダイヤがいくつも光る手になったら、やってみようかな」

「まずは練習よ」ナンシーが知恵を語った。「ダイヤにふさわしい手になっておくの」

「あのう、そろそろ結論を出すとして」ダンが持ち前の明るい笑顔を見せた。「ひとつ提案してもいいかな。二人をティファニーへ連れてって宝石を買うことはできないんで、その代わりに軽いお芝居でもどうだろう。切符はあるんだ。きらきらした本物をつけて握手するのは無理だから、小道具のダイヤくらいは見に行こうよ」

かくして騎士道精神の若者が舗道の端に位置をとり、その隣には着飾って孔雀《くじゃく》のようだと言えなくもないルーがならび、すらりとしたナンシーが舗道の奥に寄って雀《すずめ》のように地味な装《よそお》いだが歩き方はフィッシャー夫人に負けていない――という形になった三人が、この晩のささやかな娯楽に出発した。

大型デパートのことを教育機関として考える人は多くあるまい。だがナンシーが勤めていた店は、そのようなものだった。店内には洒落た趣味の商品がならんでいる。贅沢《ぜいたく》なものに取り巻かれて、その雰囲気になじんでいけば、自分で買うにせよ客に買わせるにせよ、贅沢になじむということには違いない。

客として来るのは、服装も作法も地位も、社交界の規準となる女であることが多い。そういう客と応対するうちに、ナンシーは得るべきものを得るようになった。個々の客を見ながら、その美点と思われるところを真似たのだ。

ある客からは仕草を見習い、また別の客からは片方だけ持ち上げる眉《まゆ》にものを言わせる術を学び、さらにまた歩き方、ハンドバッグの抱え方、笑顔の作り方、親しい口のきき方、目下の者のあしらい方など、見よう見真似で覚えていった。そして模範中の模範としたいヴァン・オルスタイン・フィッシャー夫人からは、あの素晴らしきもの、しとやかな美声をいただこうとした。銀のように澄んでいて、さえずるツグミのように完璧《かんぺき》に音を操っている。こんな育ちのよい上流夫人が振りまく磨かれた素養の雰囲気に浸っていれば、つくづく身にしみて感化されざるを得ない。習うより慣れろとはよく言ったものだが、ただ慣れるよりは、しっかり身につけるのがよいのだろう。いくら親にやかましく言われても、清らかな道徳心を保つことはむずかしい。だが姿勢を正して坐《すわ》り、美しい口で発音練習でもするならば、おのずと悪い心は去っていく。というわけでフィッシャー夫人の口調でしゃべるナンシーは、上流の気分が骨の髄まで染《し》み込んで、よき人たらんとする心に打ち震えていた。

大きなデパートという学校には、もう一つ学問の源泉がある。ショップガールが三人か四人そろって、ワイヤーブレスレットをじゃらじゃら鳴らす音を伴奏に他愛のないおしゃべりに興じていても、決して早とちりをしてはいけない。誰それは後ろから見るとへアスタイルがおかしいというような話ではないのだ。たしかに何とか審議会のような男の威厳はないかもしれないが、じつは重大な意義を有しているのであって、大昔のアダムとイヴの時代に、まず生まれた娘とイヴが額を合わせて相談し、アダムに家庭内での地位をわからせようと画策した会合にも劣らない。つまり「女の共同防衛および攻撃と反撃の戦略会議」なのであって、その仮想敵は「いまなお男が主役である舞台と、これに花束を投げたがるだけの観客という世間一般」なのである。女とは、あらゆる動物の子とくらべても弱きもの。子鹿《こじか》のごとく優美にして子鹿ほど軽やかには走れず、小鳥のように美しくとも空を飛ぶことはできず、蜂《はち》のようにたっぷりと甘い蜜《みつ》を抱え込んでいるが、その針は——いや、これは比喩《ひゆ》にならない。刺されて痛い目にあった向きもあるだろう。

この軍議においては、武器となるものが次々に開示され、生活の知恵から工夫した戦術が交換される。

「だから、あたし言ってやったのよ」セイディという女が言う。「ちょっと図々《ずうずう》しいんじゃないの。そんな口きいて、あたしを何だと思ってんの。そしたら、あいつ、何て言ったと思う?」

いくつもの髪の色がうなずき合う。茶色、黒、亜麻色、赤毛、金髪が額を集めて相談し、ついに答えが出て、仕返しの作戦が決まり、今後の戦闘において各人が採用することになる。その共通の敵とは、すなわち男である。

かくしてナンシーは防衛の術を会得《えとく》した。女が防衛を果たすなら、すでに勝利と言ってよい。

デパートという学科には、さまざまな授業がそろっている。ナンシーの将来の志望

——すなわち結婚の優等賞を引き当てること——を考えれば、どこの大学へ行くよりも条件は整っていただろう。

店内では好ましい位置にいた。音楽が流れてくるから、聞いているうちに名曲が耳になじんでいった。それで充分だ。いま彼女がおずおずと足を踏み入れたくなっている憧《あこが》れの社交界では、いくらか聞き覚えがあるだけでも、しっかり鑑賞しているような体裁になってくれるものである。ほかにも女の文化とも言うべき工芸品、高級服地、装飾品がもたらす教育効果をたっぷりと吸い込んでいた。

ほかの店員にもナンシーの野望はまもなく知れた。それらしく見える客が来ると、「ほら、ナンシー、百万長者の彼氏だわよ」などと言って囃《はや》し立てる。また客のほうでも、連れの女に買い物をさせている間の手持ち無沙汰《ぶさた》に、ぶらりとハンカチ売場へ足を向けては、いつまでも四角い布製品を見ていることがあった。ナンシーが物真似で身につけた上流の雰囲気と、もともと身にそなわった本物の可愛さには、たしかに人を惹《ひ》きつけるものがあった。彼女の前でいいところを見せようとした男は少なくない。その中には百万長者だっていたかもしれない。もちろん金持ちの猿真似をするだけの男もいただろう。ナンシーには区別がつくようになった。ハンカチ売場の終端に窓があるので、街路で待っているお抱えの車が見下ろせる。持ち主によって自動車もさまざまであるらしい。

ある日、魅力たっぷりの紳士が、ハンカチを四ダースも買っておいて、カウンター越しの求愛におよんだ。貧しき美女に一目惚《ひとめぼ》れというコフェチュア王の伝説を思わせたくらいだが、この紳士が去ってから、ある店員が言った。

「どこが気に入らないのよ、ナンシー。ああいう人に気乗りがしないなんて、どうかしちゃったんじゃないの？　ばっちりの特級品に見えたけど」

「あれが？」ナンシーは思いきり冷ややかな美人の顔になって、つんと取り澄ました

フィッシャー夫人ばりの笑みを見せた。「趣味じゃないわね。さっき車で乗りつけたところを見たの。十二馬力の車に、アイルランド系の運転手。シルクのハンカチなんか買っちゃって――。それでいて指が太く腫《は》れてるのよ。だめだめ、ほんとうの本物じゃないと、いやなのよね」

このデパートで「いい女」の筆頭に挙げてもよい二人――さる売場主任と会計係――には「すごい紳士」の知り合いがいて、たまに食事もするらしい。そんな食事にナンシーも誘われたことがあった。大晦日《おおみそか》の晩などは早くから予約で席が埋まるという豪華なカフェだ。そういう店に「紳士の方々」が二人来ていた。一人は髪の毛が全然ない。贅沢な暮らしは発毛を阻害する（これは証拠もあることだ）。もう一人は若

い男で、資産と教養を見せつける二つの策略を有していた。すなわち、ワインを飲むたびにコルクの臭《にお》いがすると言う。ダイヤのカフスボタンをつけている。

この若いほうが、ナンシーには抗しがたい美点があると見た。もともとショップガールなら好みの守備範囲にあるという男だが、ここには付加価値があると思ったのだ。身分相応の気の置けない良さもあるとして、声や所作には上流を思わせるものがある。というわけで、その翌日、男は店へ行った。箱におさめたハンカチに――アイルランドの草地で自然漂白したリネンに縁取りをほどこしたハンカチに――おおいかぶさるように迫っていって、真剣に結婚を申し込んだのである。だがナンシーは断った。その様子に十フィートの距離から目と耳を働かせていたのが、茶色の髪をポンパドールに持ち上げた女店員だ。はねつけられた男がすごすご帰っていってから、すさまじい毒性の非難をナンシーに浴びせかけている。

「何やってんのよ、バカじゃないの！　いまの人、大金持ちよ。ヴァン・スキットルズの甥《おい》だったはず。そういう人がまじめな話をしてたのに。あんた、頭おかしくない？」

「おかしい？　やめといた、っていうだけよ。どっから見ても金持ちだっていうほどではないの。年に二万ドルのお小遣いをもらってるだけの人。こないだ食事した晩に、つるつる頭の人がそんなこと言ってふざけてた」

　茶髪のポンパドールが詰め寄って、おっかない目になった。

「ちょっと、何のつもり？」ガムを噛《か》んでいないので詰問《きつもん》する声が干涸《ひか》びている。「まだ文句があるの？　まさかモルモン教徒になって、いろんな人の奥さんにしてもらうんじゃないでしょうね？　ロックフェラーとか、グラッドストーン・ダウイーとか、スペイン国王とか、そんなような？　年に二万ドルが物足りないの？」

　底の浅い黒目にじろりと見つめられて、ナンシーもいささか気色ばんだ。

「べつに財産のことばかりじゃないのよ、キャリー。こないだの食事の席で、つまんない嘘《うそ》をついたらしくて、あれ、おかしいぞ、なんて言われてた。ある女の人と芝居を見に行ったとか行かないとかいう話だったけど、ともかく嘘つきは嫌い。何だかんだ言って、いやな人だわ。そういうことよ。あたし、自分を安売りしようとは思わない。しゃきっと背筋を伸ばしたような人がいいわ。そう、あたし、いい獲物をねらってるわよ。でも、貯金箱みたいにじゃらじゃら鳴るだけしか能のない人じゃ困るのよね」

「どういう神経してんの。病院行きなさいよ」と言って、茶髪のポンパドールは立ち去った。

ナンシーは、こういう理想、というか高望みを、週給八ドルで働きながら培《つちか》っていた。まだ知られざる大物を追って、ぱさついたパンを食糧にしながら日々の暮らしを切り詰めた。うっすらと笑みを浮かべた顔は、いい男を仕留めるべく定められた狩人《かりうど》の、甘美にして精悍《せいかん》な面構《つらがま》えであったろう。デパートは狩場の森だ。立派な角を生やした大きな雄に猟銃を向けたことも何度となくあった。だがそのたびに深いところで作用する本能が——狩りの本能か、あるいは女の本能か——引き金に掛けた手を止めさせて、ふたたび彼女は先へ進むのだった。

ルーは洗濯屋で張り切っていた。週に十八ドル五十セントの稼ぎから六ドルは下宿代に支出する。あとは服飾費となることが多い。ナンシーにくらべれば、趣味や作法を磨く機会には恵まれていない。もうもうと蒸気の上がる洗濯屋で働きづめなのである。せいぜい今夜の楽しみは何だっけとしか考えない。だがアイロンをかける手の下を、お洒落な高級品が次々に通り抜けていく。だんだんと着道楽になったのだから、アイロンから熱伝導のように伝わるものがあったのかもしれない。

一日の仕事が終われば、ダンが来て店の前で待っていた。どこであれ彼女が光を受けるなら、その影のように付き添うダンがいた。

だがルーの着ている服を見て、つくづく困ったものだという目つきになることもあった。洒落ているというよりは人目に立つようになっているのだ。だから彼女がいやになるというのではないが、街中で目立ちすぎるのは考えものだ。

さて、そのルーはというと、ナンシーへの友情をおろそかにはしなかった。もし出かけるとしたら必ずナンシーも誘うのが法則のようになっている。ダンにとっては余分な負担ということになるが、この男はいやな顔一つせずに応じていた。いうなれば娯楽追求の三人組にあって、ルーが色彩を添え、ナンシーが音調を決めるとしたら、ダンは基礎として重きをなしたということだ。きっちり整っているが既製品であることは歴然としているスーツを着て、既製品のネクタイを締め、いつも変わらぬ既製品めいた無難な機知を働かせて、あわてず騒がず、まったく如才のないエスコート役になっていた。いい男である。いるときは気にも留めないが、いなくなると明らかにいないとわかる、そういう好ましい人物なのだった。

ナンシーのような高級品好みの観点からは、こんな既製品の娯楽ではいささか苦みを覚えないこともなかった。だが彼女も若い。若い人は美食家になれないと大食家になる。

「ダンは、すぐにでも結婚しようなんて言ってばかりなの」とルーが言ったことがある。「でも、そうは行かないのよね。あたしって自立してるから。稼いだお金は使いたいように使える。もし結婚したら、いまの仕事を続けていいなんて言われないと思う。ねえ、ナンシー、どうしてデパートにこだわって、食べるものも着るものも中途半端《はんぱ》で我慢しちゃうの？　もし来る気があるなら、こっちに紹介してあげるわよ。もうちょっと稼げると思えば、そんなに意地を張るまでもないじゃない」

「意地なんて張ってないわよ」ナンシーは言った。「でも食べるものが半端になったって、いまの暮らしがいいの。あたしって、そういう人なの。一発ねらいで行くわ。いつまでも売り子じゃいないわよ。一日ごとに得るものがある。しょっちゅう上品なお金持ちと向き合ってるんだもの。そりゃあ、お客と店員というだけのことだけどさ。ちょっとでも参考になることは見逃さない」

「で、理想のお金持ちは見つかった？」ルーはふざけて笑った。

「まだ一人に絞ってないの」というのがナンシーの答えだ。「いま調査中」

「よく言うわ！　選べる立場じゃないでしょうに。少しくらい目標額に届かなくたって、一人でもいたら逃がしちゃだめよ。どうせ冗談だとは思うけどね。あたしたちみたいな労働者階級なんて、大金持ちには見向きもされないんだから」

「そこをどうにか見ればいいのにね」ナンシーは涼しい顔で知恵を働かせた。「あたしたちのほうがお金の使い方を教えてあげられるかもしれないのに」

「あたしなんか、そういう人に話しかけられたら、あたふた大騒ぎしちゃうかも」ルーは笑った。

「そういう人を知らないからよ。たいして違ってやしないの。いいとこの人たちを見るなら、じっくり見ないとわからない、っていうだけかな。ねえ、そのコートだったら、赤いシルクの裏地は派手すぎない?」

そう言われたルーは、ナンシーが着ている地味なジャケットを見た。オリーヴ色の無地である。

「そうでもないわよ。くすんだようなジャケットとならんでるから、そう見えるのかもしれないけど」

「これはねえ」ナンシーの自信は揺るがない。「こないだヴァン・オルスタイン・フィッシャー夫人が着てたのとまったく同じ仕立てなのよ。生地だけなら三ドル九十八セント。あっちのは百ドルは余計に払ってると思う」

「あら、そうなの」ルーはさらりと応じる。「あんまりお金持ちが食いつきそうでもないわねえ。あたしのほうが先に一人つかまえても全然おかしくない」

この二人がそれぞれの持論とするものに判定を下すことは、よほどの知恵者でもなければできなかったろう。若い女が店員や事務員になって、ぎりぎりの生活をしながらも仕事を辞めようとしないだけの、プライド、こだわりが、ルーにはない。やかましくて空気の悪い洗濯屋で、なお元気潑剌《はつらつ》としてアイロン掛けに勤《いそ》しんでいた。もらっている給料で充分以上に楽な暮らしができる。その恩恵が着るものにもおよんで、いつしかダンを見る目が変わっていった。さっぱりしているが野暮ったいダンの衣服に、いらだった横目を投げるようになったのだ。ダンはいつものダンである。堅実で、小揺るぎもしなかった。

さて、ナンシーはというと、これは何万という女の例に洩《も》れなかった。シルクや宝石、レース、装飾、また上品な育ちと高尚な趣味という世界の香水と音楽——こんなものは女のためにできている。女なら自分のものにしていたい。もし女にとって欠かせなくて、そういうものの近くにいたいなら、思いどおりにさせてやろう。女は自分を裏切らない。エサウの故事とは違う。創世記ではエサウがわずかな食べものと引き替えに生得の権利を譲ることになっているが、女はそんなことをしない。もともと稼げる食い扶持《ぶち》などは知れたものだ。

そんな風潮にあってナンシーはしぶとく生きていた。食費は節約し、衣装には安上がりの工夫をこらして、これでよいのだと思い定めていた。女のことはわかっている。いまは男という動物について、その習性と適格性を研究中だった。いつかきっと、ねらった獲物を射止める日が来る。だが、ねらうのは最高級の大物だ。それは絶対に譲れない。そうと心に決めていた。

いわば聖書の言う「手入れのよいランプ」であって、灯心に火を絶やさず花婿《はなむこ》を迎える時にそなえていたということだ。

しかし、もう一つ、ナンシーが学んだことがある。おそらく知らず知らず身についていたのだろう。価値の基準が少しずつ変わっていった。ナンシーの心の目には、ドルの記号がぼやけて見えるようになったのだ。ぼやけたドルは「真実」「名誉」というような文字に変形した。ずばり「やさしさ」になったこともある。たとえて言えば、大森林に大鹿を追う狩人のようなものだろう。森の中に苔《こけ》むす木陰の谷間があって、小さな渓流が音を立て、憩《いこ》え、安らげ、と語りかける。そうなれば、さしもの豪傑ニムロドでさえ槍《やり》の勢いが鈍るだろう。

というようにナンシーにも迷いが出ていた。どれだけ高価なペルシャの子羊であっても、その毛皮を着る人の心は、市価に見合うだけのものと言えるかどうかわからない。

木曜日の夕方、ナンシーは勤めを終えて、六番街を西へ渡り、洗濯屋へ向かった。ルー、ダンと三人で、ミュージカルコメディを見に行くことになっている。

洗濯屋に着くと、ちょうど店からダンが出ようとしていた。顔つきが普通ではない。

「何かしら消息でもないかと思って、こっちへ回ってみた」

「消息って、誰の？」ナンシーは言った。「ルーがいないの？」

「きみなら知ってるかと思ったが、じつは月曜日から店にも家にもいないんだ。持ち物がなくなってる。店の女の子にはヨーロッパへ行くかもしれないと言ったそうだ」

「どこかで見た人は？」

ダンは、ぎゅっと口を結んで、しっかり見つめるグレーの目には冷たい鋼《はがね》のような光があった。

「いま店で聞いたんだが――」と厳しい言い方になる。「きのう通りかかるのを見たそうだ。車に乗って――。たぶん、きみたちが暇さえあれば夢中になって考えてた大金持ちの車じゃないかな」

このとき初めてナンシーは男の前で心が挫《くじ》けそうになった。小刻みに震える手をダンの袖《そで》に置いた。

「そんなふうに言われるのはおかしい。あたしがぐるになってるみたいじゃないの」

「いや、そんなつもりじゃない」ダンは態度をやわらげ、ヴェストのポケットをさぐった。

「今夜のショーのチケットは買ってあるんだ」あえて快活に言ってのける。「もしよかったら――」

いつもナンシーは、へこたれない強さに出会うと、いいものだと思う。

「じゃ、行きましょ」

ナンシーがふたたびルーと会ったのは、それから三カ月後のことである。

ある日の夕暮れ時、このショップガールが小さい静かな公園に沿って帰路を急いでいて、ふと名前を呼ぶ声に振り向くと、いきなり飛び込んだルーを抱きとめていた。しばらく抱き合っていたあとで、双方の顔がつっと離れた。二匹の蛇が鎌首《かまくび》を引いたようで、これから襲いかかるのか魅入るのかというところだが、ちょろちょろ動く舌には、あれもこれも聞きたくてたまらない質問が、ぷるぷる震えて載っていた。そしてナンシーは、ルーの身の上に裕福になる運命が降りかかったことを知った。高価な毛皮、きらめく宝石、仕立屋の職人芸を見れば歴然としている。

「ばっかねえ」ルーは大きく声に出して、親しげな口をきいた。「まだデパート勤めで、あいかわらずの貧乏暮らしなんでしょ。大物をつかまえるって話はどうなったの？　どうにもならない、みたいね」

そう言ったルーが見ると、ナンシーの身には裕福である以上の幸運があったように思われた。宝石よりも輝いて目に宿り、頰をバラよりも赤く染め、舌の先から放電して飛び出しそうに踊っているのだった。

「そりゃまあ、まだ勤めてるんだけどね。来週には辞めることになってるの。つかまえたのよ、一番の大物――。もうルーに言っても大丈夫だと思うけど、じつはダンと結婚するの。ダンなのよ。いまはもうダンはあたしの――あ、ちょっと、ルー！」

このとき公園の角を曲がって、まだまだ新米の若い警官が歩いてきた。のっぺりした優男で、いまどきの産物らしいが、おいこらの強面《こわもて》にはなっていない。この警官が目にしたのは、値の張りそうな毛皮のコートを着て、ダイヤの指輪をいくつも光らせた女である。それが公園の鉄のフェンスにもたれかかるようにうずくまり、身をよじって泣いていた。もう一人、すらりとした体型を簡素な服装に包んだ労働者階級と思《おぼ》しき女が、かがみ込む姿勢になって慰めようとしている。だが、いまどきの優男の警官は、何事もなかったように通り過ぎた。こういうことは救いようがないと心得ている。たとえ警棒で路面をたたいて、その音を星空の彼方《かなた》まで響かせたとしても、権力ではどうしようもないことだ。

千ドル

One Thousand Dollars

「では、千ドルです」トルマン弁護士が繰り返した。厳しい口調にあらたまっている。

「ここに用意してあります」

まだ若いジリアンは、おもしろがっているとしか聞こえない笑いを発した。五十ドルの新札を入れた封筒は、指先の感触としても薄い札束でしかない。

「どうも困った金額ですね」と言うジリアンも、あまり角を立てたくはないらしい。「もしこれが一万だったら、どかんと花火でも打ち上げて、やんやの喝采《かっさい》ということもあるでしょう。いっそ五十ドルだったら、まだ使いようがあるかもしれない」

「叔父上の遺言書が読み上げられたのは、よろしいですね」トルマン弁護士は、職業柄、情緒をまじえずに言っている。「しっかり細目まで聞いておられたかどうかわかりませんが、念のため、ある条項を確認いたします。この千ドルについては、お使いになったあとで、ただちに支出の報告をしていただかねばなりません。そのように遺言に書いてありますのでね。故ジリアン氏がお望みだったのですから、それはご承諾を願えるものと考えます」

「ええ、ご心配なく」若いジリアンはなめらかな口をきいた。「そのために別の費用もかかるでしょうが仕方ない。秘書を雇うことになるかもしれませんね。どうも昔から計算が苦手なので」

ジリアンはいつものクラブへ向かって、オールド・ブライソンという名で呼んでいる男をさがした。

ブライソンは物静かな男だ。四十歳。人の群れからは離れたがる。片隅に引っ込んで本を読んでいたが、ジリアンが来たとみて、ほうっと息をつき、本を置いて眼鏡をはずした。

「オールド・ブライソン、目は覚めてるか。おもしろい話があるんだ」

「そういうことはビリヤード室にでも行ってやってくれないか。おまえの話はつまらん」

「きょうのは上等だぜ」ジリアンはシガレットを巻いた。「ここで聞いてもらいたいよ。玉突きの音を混ぜるにはもったいないような悲喜こもごもの話だ。いま死んだ叔父のことで法律事務所というか合法の海賊事務所というか、そういうところへ行ってきた。僕には千ドルの遺産だそうだが、それだけもらってどうなると言うんだろうね」

「ほう、たしか叔父さんというと――」ブライソンは聞く気になったのかどうか、蜜蜂《みつばち》が酢の瓶にとまりたがる程度には関心を見せた。「亡《な》くなったセプティマス・ジリアン氏だな。五十万かそこらの資産はあったろう」

「そういうこと」ジリアンはうれしそうに言った。「だから笑い話にもなる。お宝の積荷を、そっくり病原菌に譲ったようなものさ。つまり、新種のバクテリアを作り出す研究に寄附したかと思うと、バクテリアを退治する病院の設立にも出している。ついでに微々たるお裾分《すそわ》けがあって、執事と家政婦には印章の指輪と現金十ドルずつ。この甥《おい》っ子には千ドルだそうだ」

「いままで金に困るなんてことはなかったんじゃないか」

「全然。小遣い銭をくれるだけなら、叔父は救いの神みたいな人だった」

「ほかに相続人は？」

「なし」ジリアンは手にしたシガレットにしかめ面《つら》を向けて、革張りのソファをどんと蹴《け》った。「ただ、ミス・ヘイデンという若い女性がいる。叔父が後見人になって、家に住まわせてやっていた。おとなしい人でね、音楽が好きらしい。不幸にして叔父の友人だったという男の娘だそうだ。あ、言い忘れたが、この人も指輪と十ドルという茶番に付き合わされている。どうせなら僕もそうなればよかった。シャンペンの二本も飲んで、指輪はチップ代わりにウエーターにくれてやって、それでもう一件落着だったろうね。まったく千ドルなんて半端《はんぱ》な金は、どうしたらいいんだろうな」オールド・ブライソンは眼鏡を拭《ふ》いて、にやりと笑った。こんな顔をするときは徹底して意地の悪いことを言いたがる男だとジリアンにもわかっている。

「千ドルね。使い道があるともないとも言えるな。つましい幸福な家を持ってロックフェラーを笑いとばすのもよかろう。女房を南方へ転地させて寿命を延ばしてやりたいという人もいるか。六月、七月、八月に、百人の赤ん坊に純正なミルクを買ってやれば、五十人は救えるかもしれない。あるいは画廊を要塞《ようさい》にしたみたいな博打場《ばくち》で、三十分くらい賭《か》けトランプをして遊べる。向学心のある若者に学費を出してやるのもよい。きのう、さるオークションに本物のコローが出て、ちょうど千ドルで落札されたそうだ。ニューハンプシャーあたりの町へ行けば、そこそこの暮らしが二年はできる。マディソン・スクエア・ガーデンを一晩借り切って講演会でもやってみたらどうかな。もし聴衆が集まればの話だがね。演題は、推定相続人のあやうい立場」

「その説教癖がいけない」ジリアンは何があっても平気なものだ。「それさえなければ、人に好かれもするんだろうに。いま僕は千ドルをどうしようかと相談したんだ」

「そうなのか」ブライソンは余裕で笑う。「個別の論理で言うなら、ボビー・ジリアンのするべきことは一つしかない。ミス・ロッタ・ロリエールにダイヤのペンダントでも買ってやれ。あとはもう、おまえみたいなやつはアイダホあたりの農場に引っ込んで、そっちの迷惑になってろ。羊の牧場がいいな。おれは羊が大嫌いだから」

「ありがたい」ジリアンは立ち上がった。「やっぱりオールド・ブライソンは頼りになる。いいことを言ってくれたよ。まとめて一回で使ってしまいたいと思っていた。なにしろ支出報告をしなけりゃいけない。品目別の計算なんてまっぴらだ」

ジリアンは電話で馬車を呼び、馭者《ぎょしゃ》に言った。

「コロンバイン劇場の楽屋口へ」

ミス・ロッタ・ロリエールは顔にパフをはたいて天然の造作を補強していた。昼の公演に客の入りは上々で、そろそろ出番の声がかかる。すると楽屋係が、ジリアンさんがお見えです、と知らせた。

「お通しして」ミス・ロリエールは言った。「あら、ボビー、きょうは何かしら。あと二分で舞台なのよ」

「もうちょっと右耳にもパフをどうかな」ジリアンは細かいことを言った。「そう、よくなった。こっちの用件は二分とはかからない。ペンダントみたいな見当で、小物でもあげようか。丸が三つで先頭の数字が一までは出せる」

「まあ、じゃそういうことで」ミス・ロリエールは軽やかな声をあげた。「アダムズ、右の手袋ね。ほら、ボビー、こないだの晩、デラ・ステーシーがしてたネックレス、あれってティファニーで二千二百ドルなのよ。でも、いいの——このサッシュ、もう少し左にして、アダムズ」

「ミス・ロリエール、幕開けのコーラスです！」楽屋の外から呼び出しがあった。

ジリアンはぶらりと出ていった。外に馬車を待たせている。

「もし千ドルあったらどうする？」と馭者に言う。

「飲み屋でも開くかな」たちどころに濁声《だみごえ》の返事があった。「いい場所があるんで、手一杯に稼げるでしょう。四階建ての角ビルでね、ちゃんと調べましたよ。二階は中国人がチャプスイを食わす店、三階はマニキュアと、どっかの国の宣教師、四階は玉突きで——。あの、もし元手を出してくれようって気があるなら——」

「いや、いや。言ってみただけだ。あとの料金は時間で払うから、止まれと言うところまで行ってくれ」

ブロードウェーを八ブロックほど行ってから、ジリアンは杖《つえ》の先で屋根の小窓を押し上げ、馬車を止めるように言った。目の見えない男が道端に小さな椅子《いす》を出して、鉛筆を売っている。ジリアンは寄っていって男の前に立った。

「失礼ながら、もし千ドルあったらどうするか聞かせていただけませんか？」

「いま来た馬車を降りた人ですね？」目の見えない男が言う。

「ええ」

「どうやら何の不自由もないらしい。明るいうちから馬車にお乗りだ。よろしければお見せしますかな」

鉛筆売りの男は上着のポケットから小冊子のようなものを取り出して、その手を差し伸べた。ジリアンが開いてみると銀行の通帳である。この男の名義で一七八五ドルの残高があった。

ジリアンは通帳を返して、また馬車に乗った。

「忘れ物を思い出した。トルマン＆シャープ法律事務所へ行ってくれるかな。ブロードウェー――番」

トルマン弁護士は金縁の眼鏡の奥から、何のつもりだという目を光らせた。

「ちょっとすみません」ジリアンは明るく言ってのける。「一つ伺ってよろしいですか。ぶしつけな質問ではないと思いますが、ミス・ヘイデンには指輪と十ドルのほかに何か譲られていますでしょうか？」

「いいえ」

「そうですか、ありがとうございます」と言うなり、ジリアンはまた馬車に乗った。今度は亡くなった叔父の家へ行くように、番地を馭者に教えた。

ミス・ヘイデンは書棚のある部屋で手紙を書いていた。小柄な細い身体《からだ》に黒ずくめの衣服だが、その目には人を惹《ひ》きつけるものがある。ジリアンは物事にこだわりのないような風を装《よそお》って、ふわりと部屋に入った。

「いまトルマンの事務所へ行ってきたんだけどね、あっちで書類の点検をしてるんだ。それで出てきたのが——」ジリアンは記憶をさぐって法律用語を見つけようとした。「修正というか追加条項というか、そんなものがあったんだな。さすがの叔父も最後にはやわらかくなったと見えて、あなたに千ドルを贈ることにしたらしい。ちょうど僕がこっちへ来る用事があったもので、ついでに立ち寄って渡してくれとトルマンに頼まれたんですよ。はい、これ。念のため確かめてもらったほうがいいね」と言いながら、ジリアンは机の上に出ている女の手に近づけて金を置いた。

ミス・ヘイデンの顔が蒼白《そうはく》になった。「あら！」と言ってから、「あら！」

ジリアンはやや向きを変えて窓の外を見た。

「たぶん、なんだけど」と声を落として、「僕の気持ちはわかってるよね」

「あの、すみません」ミス・ヘイデンは置かれた金を手にした。

に戻った。

「やっぱり、だめ？」ジリアンは軽口めかして言う。

「すみません」

「ここで一筆書かせてもらえる？」ジリアンはにっこり笑った。大きな書斎テーブルに向かって坐《すわ》る。ミス・ヘイデンは紙とペンを出してやってから、小ぶりな書き物机に戻った。

ジリアンが千ドルの使い道を記録した文言は以下の通り――

「不肖の甥ロバート・ジリアンは、永遠の幸福、すなわちこの世で第一等の慕わしき女性の天命となるべき幸福のために千ドルを支出」

この用箋《ようせん》を封筒にすべり込ませ、お辞儀して出ていった。

ふたたび馬車はトルマン&シャープ法律事務所の前で止まっている。

「例の千ドルですが、全部使いましたよ」と金縁眼鏡のトルマンにほがらかに言った。「打ち合わせのとおり、その支出報告にまいりました。もうすっかり夏めいた陽気ですね――そう思われませんか、トルマンさん」ジリアンは白い封筒を弁護士の机にぽんと置いた。「その記録です。いかにして千ドルが消費されたのか認《したた》めておきました」

トルマンは封筒に手を出そうともせず立っていって、別室にいたシャープ弁護士を呼んだ。二人がかりで洞窟《どうくつ》の探検をするように巨大な金庫の内部をさぐり、その探索の成果として蠟《ろう》で封じた大判の封筒を引き出した。これを力まかせに破いて開封した中身に、老人らしい貫禄《かんろく》の顔をそろえてふむふむと揺らしている。それから口を開いたのはトルマンだった。

「さて、ジリアンさん」と正式な声音になって、「叔父上の遺書には補足書がありました。われわれが内密に託されていたのです。遺贈された千ドルをどうお使いになったか、その報告がしっかりと出るまでは開けないようにとの指示も受けておりました。その条件を整えていただきましたので、いま二人で補足書を読んだという次第ですが、法律用語そのものはご理解に苦しむかと思われます。その精神をお伝えすることにいたしましょう。

もし千ドルの使い方からして、あなたに賞すべき資質がおありだと判明した場合には、贈与分に大幅な加算があります。なお、その審判の役目には、シャープと私の両人が指名されております。厳密に法の正義に照らして職務を遂行することを保証いたしましょう。広い心になって、と申しますか、ジリアンさんへの不利な予断を持つことは一切ありません。では、文面の趣旨に戻りますが、もし当該の金額が慎重に、賢明に、また我欲のみに走ることなく支出された場合は、われわれの裁量で、すでにお預かりしている五万ドル相当の債券をお渡しすることができます。ですが、もし——

これは私どもを顧問弁護士とされていた故ジリアン氏が特記されたことです――いままでのような金遣いを繰り返すのであれば――いま故人のお言葉で申し上げていますが――もし良からぬ仲間と良からぬ散財をするようなことがあれば、ただちに五万ドルはミリアム・ヘイデン、すなわち故ジリアン氏が後見人を務められていた女性に贈与されます。では、ジリアンさん、このシャープと私の両名で、千ドルの支出状況を検分させていただきます。書面でご用意なさったのですね。われわれの判断を信頼してくださるよう願いますよ」

トルマン弁護士が手を伸ばして取ろうとした封筒を、わずかに早くジリアンが引ったくった。書き付けも封筒も一緒に、おもむろにびりびりと破ってしまって、ポケットに落とし込む。

「いや、いいんです」ジリアンはにこやかに言った。「お手を煩《わずら》わすまでもありません。ごちゃごちゃと細かい賭け金をならべたんで、見てもおわかりにならないでしょう。競馬で千ドルすってしまいました。では、これにて失礼します」

ジリアンを見送った二人の弁護士は、やれやれ嘆かわしいと首を振った。廊下でエレベーターを待っているジリアンの、調子のよい口笛が聞こえたのである。

黒鶩の通過

The Passing of Black-Eagle

ある年のテキサスで、メキシコとの国境リオグランデ川の一帯を、数カ月にわたって荒らしまわった怪盗がいる。いかにも目を奪う風体の男だった。その個性から「黒《くろ》鷲《わし》、国境の怪物」という呼称を呈されている。この黒鷲一味については、おぞましい所業を伝える逸話が少なくない。ところが黒鷲は、あっという間に姿を消した。杳《よう》として行方が知れなくなったのだ。謎《なぞ》の失踪《しっそう》は一味の者にさえ見当のつかないことだった。メスキートと呼ばれる藪《やぶ》が生い茂る土地に、いつまた黒鷲が舞い戻って暴れるのかという不安が、国境沿いの農場や開拓地に広がった。しかし、もう黒鷲が来ることはない。この物語は黒鷲がたどった運命を説き明かすべく書かれるものである。

さて、話の発端は、セントルイスのバーテンの足技にあったと言えるだろう。チキン・ラグルズという男がランチタイムの無料サービスに食らいついている姿を、バーテンは見逃さなかった。このチキン、じつは「渡り鳥」である。大きな嘴《くちばし》のような鼻をして、また鳥肉に底知れぬ食欲を見せ、しかも好物に只《ただ》でありつこうというのだから、いつしか風来坊の間ではチキンという名前がついていた。

医者の意見ならば、食事どきの飲酒は健康によろしくないのだろう。だが酒場では飲まないことが不健全だ。チキンは酒を注文していなかった。飲まない客にサービスはない。カウンターを回って出たバーテンは、不届きな只食いの耳をレモン搾《しぼ》りの道具ではさみつけ、出口へ引きずっていって、表通りへ蹴飛《けと》ばした。

かくしてチキンは現実を思い知らされた。もう冬が近い。夜は冷える。星の光も寒々しい。道行く人は、それぞれ勝手な二方向の流れになって、ぶつかるように先を急ぐ。もう外套《がいとう》を着る季節だから、チョッキのポケットはボタンの奥に隠れてしまい、わざわざ小銭を恵んでやろうという気にさせることは難しい。その難度の増加率まで身にしみた。今年もまた南部へ脱出する時期が来た。

ケーキ屋の前で、五歳か六歳くらいの男の子が、もの欲しそうな目になってウィンドーをのぞいていた。小さな手に持っているのはガラスの薬壜《くすりびん》だろう。もう一方の手が握りしめているのは、薄くて丸くて、周囲のぎざぎざが光って見えるものだった。どうやらチキンの能力と胆力を遺憾なく発揮して、しかるべき作戦行動をとるべき現場のようである。周辺海域に巡視艇の航行がないことを確かめて、チキンはさりげなく獲物に声をかけた。だが子供は、親切ごかしに近づく大人には徹底して気をつけろと躾《しつ》けられていたので、チキンの奏《かな》でる序曲を冷ややかに受け止めた。

そうなるとチキンも、ここは一つ覚悟を決めて勝負師になるしかないと考えた。運命の女神に気に入られたければ、思いきった投機を仕掛けることもある。このとき手持ちの資金は五セントだった。これを元手に博打《ばくち》を打って、ぽっちゃりした手がぎゅっと握っているものを巻き上げようという寸法だ。おっかねえ運試しだぜ、とチキンは思っている。だが何としても計略をもって仕遂げねばならない。小さな子供から腕ずくで金品を奪い取るなどとんでもない、と考えるまともな男なのだった。いつぞや、さる公園内で、つい空腹に負けて、乳母車の乗員が所有していた消化の良い壜入り食品を強奪しようとしたら、怒れる幼児が即座に口をあけ、天空をどよめかす音響スイッチが入って援軍が駆けつけたので、チキンは三十日間、檻《おり》の中へおさまることになった。それ以来「子供には気が抜けねえ」と思っている。

まず菓子の好みを話のとっかかりにして、そろりそろりと知りたいことを聞き出していった。どうやら母親に言いつかって薬屋へ行くらしい。腹痛の薬を十セント分だけ壜に入れてもらえと言われていた。だから一ドル銀貨を握りしめて、途中で誰に会っても立ち話なんかしないで、釣り銭は紙にくるんで一まとめにしてくれるよう店の人に頼んで、ズボンのポケットに入れて帰る。このズボンには二つもポケットがついていて、好きなお菓子はチョコレートクリームだ——。

チキンは店に入って、ここ一番の賭《か》けに出た。有り金をはたいて「菓子株」に投資したのである。さらに際《きわ》どい次の一手を考えてのことだった。

買った菓子を子供にくれてやったら、うまいこと信用された感触をつかんだ。これでもう主導権はこっちのものだ。投資先の手をつかんで引きまわし、すぐ近所の手頃な薬屋という見当で連れていって、さりげなく親子のような風を装《よそお》った。一ドルを薬屋に持たせて、どういう薬が欲しいのか伝える。子供は交渉を肩代わりしてもらったのを喜んで、もぐもぐと菓子を食っていた。投資は目論見《もくろみ》どおりに進んでいる。ここでポケットをさぐると、外套のボタンが一つ見つかった。冬支度めいたものに縁があるとしたら、これが限度だろう。このボタンを慎重に包んで、紙にくるんだ釣り銭のように見せかけ、他愛《たわい》ない子供のポケットに入れると、その顔を帰路の方角へ向けてやり、そっと背中を押して送り出した。チキンという名に違《たが》わず心やさしき男なのだ。かくして市場から引き上げた投資家は、元手の十七倍という利潤を得ていた。

二時間後、アイアン・マウンテン線の機関車が、テキサスへ回送する貨車を連ねて操車場を出た。本来なら家畜用の車両の中で、木屑《きくず》に埋もれそうになって、のうのうと寝そべるチキンがいた。いかにも安いウィスキーの壜と、パンとチーズの紙袋を用意した上で、いい塒《ねぐら》にしたのだった。この一両を貸し切りにした気分で、チキン・ラグルズは冬期にそなえて南下の途についていた。

それから一週間、貨車はごとごと進んでいって、ときに編成や時間の調整で待たされるような運行上ありがちな処遇を受けたが、チキンはひたすら耐え忍び、飢えと渇きを癒《い》やすための必要以外は降りようとしなかった。これに乗ってさえいれば牛だらけのテキサスへ行けるはずだ。その真ん中のサンアントニオが目的地なのだった。そっちへ行けば気候がよくて、住民もおっとりしている。バーテンに蹴っ飛ばされることはなかろう。どこか一カ所に長《なが》っ尻《ちり》したり、ちょいちょい出入りしたりして食っていても、たしかに怒鳴られるかもしれないが、どうせ毎度の決まり文句であって、本気でいきり立つのではあるまい。引きずるような南部訛《なんぶなま》りで、いつまでも毒舌を浴びせてくるから、よくもまあ言葉の備蓄が尽きないと思うが、出ていけと言いまくられているうちに、かなりの量を腹に落とせるのだった。いつだって春のような土地柄で、夜でも心地よい広場には音楽が流れてにぎやかだ。たまに冷え込むこともなくはないが、たいていは野宿でしのげるから、屋根のある寝床が見つからなくても、さほどには困らない。

テクサーカナ駅で、I&GN鉄道の線路へ切り替わって、さらに南下を続け、ついにオースティンでコロラド川にかかる橋を越えると、あとはもう一路サンアントニオに向けて矢のように突っ走った。

ところが着いたときには、チキンは眠りこけていた。十分間停まっていた列車は、終点のラレードへと走りだした。このあたりの沿線には牧場からの出荷地点がある。ここまで引いてきた貨車は、各地点に割り振られることになっていた。

チキンが目を覚ますと、貨車は止まっていた。細い隙間《すきま》から外を見れば、月の明い晩である。這《は》い出して、あたりを見た。乗ってきた貨車と、そのほかにも三両が、だだっ広いだけで何もない原野の待避線に、さびしく取り残されていた。待避線の片側に、牛を柵《さく》から貨車へ歩かせる通路ができている。鉄道の本線はどこまでも伸びて、ぼんやり暗い海のような平原を二つに割っていた。その真っ只中に、チキンがいて、どうにもならない貨車が四両。これでは船が難破したロビンソン・クルーソーと変わらない。

線路端に白い柱が立っていた。近づくと柱の上部にSA90という文字が読めた。このまま南へ行ってもラレードまでは似たような距離だろう。つまり百マイルほどは、どっちにも町がないということだ。不思議な海のような暗がりにコヨーテが吠《ほ》えた。いかにも孤独だ。チキンは無学ながらボストンに住んだことがある。また、度胸もないのにシカゴに住んで、寝る場所もなくフィラデルフィアに住んで、コネもなくニューヨークに住んで、酒も飲めずピッツバーグに住んだこともあるのだが、これほどの孤独を味わったことはなかった。

すると突然、張りつめたような静寂を抜けて、馬のいななきが聞こえた。線路の東側にいるようだ。チキンはおっかなびっくり東方の探索に出た。メスキートの草が深い土地で、もぐりそうな足を引き抜きながら用心して進む。この一帯には、いやなものが隠れているかもしれない。蛇か、ネズミか、はたまた山賊、あるいはムカデ。さらには蜃気楼《しんきろう》も、カウボーイも、ファンダンゴの踊りも好きになれない。毒グモもこわい。タマーリを食いたくもない。そういうあれこれを子供新聞の類《たぐい》で読んだことがあって、荒野はおっかないところだと思っている。おぞましい坊主頭《ぼうずあたま》が一斉に立ち上がったようなサボテンの群生を迂回《うかい》したら、強い鼻息と、地響きを立てて跳ねる音に、びっくりして肝が縮んだ。たまげたのは馬も同じだったようで、五十メートル近くすっ飛んで逃げていったが、そこでまた草を食《は》みだしていた。しかし、大荒野にあって、これだけはチキンにもこわくない。もともと農家の倅《せがれ》なので、馬の扱いようは心得ている。馬の気持ちもわかる。乗ろうと思えば乗れるのだ。

ゆっくりと近づいて、なだめるように声をかけ、馬の動きに合わせて歩いた。さっきは驚いた馬が、だいぶおとなしくなっている。六メートルほどの縄を草の上に引きずっていたので、その先端を確保した。メキシコ人の真似《まね》をして、ちょいちょいと結び目をつくり、馬の鼻面《はなづら》にかけられるようにした。こんなことに手間はかからない。次の瞬間には、もう馬の背にまたがり颯爽《さっそう》と走らせていた。どこへ行くかは馬まかせである。どこかへ連れてってくれるだろう、とチキンは思っていた。

月夜の平原に一人で馬を飛ばすのだから、ものぐさなチキンとしても気分はよかろう、と言いたいところだが、当人の心地は違ってきた。頭が痛くなり、喉《のど》の渇きがひどかった。運よく馬に乗って「どこかへ」行けることになったが、行ってどうなるものやらお先真っ暗なのだ。

どうやら馬は目標があって駆けているらしい。まっすぐ進めるところでは矢のように東へ一直線だ。急斜面、水無し川、棘《とげ》だらけの茂みなどは避けて通り、すぐにまた本能に導かれて、すんなりと流れに乗ったように走りだす。そのうちに、ゆるやかな傾斜地を横に見る地点で、いきなり馬は速度を落とし、のんびりした歩調になった。石を投げても届く距離に、コーマの木が立ちならんでいる。その木陰にメキシコ式の「ハカール」という小屋があった。一間だけの家だ。何本か柱を立てて、粘土の壁を塗り、葦葺《あしぶ》きの屋根を載せている。土地勘のある目で見れば、羊を飼う農家だとわかったろう。月明かりに小さな牧場が見えている。羊に踏みならされて、さらさらの平らな地面になっていた。家財道具が無造作に投げ出されている。ロープ、轡《くつわ》や鞍《くら》などの馬具、羊の毛皮、羊毛を入れる袋、飼料の桶《おけ》、野外用の寝藁《ねわら》のようなものが散らかっているのだった。小屋の前に二頭で引かせる馬車があって、飲み水の樽《たる》がうしろから積み込まれていた。馬車の長柄のほうには引き具がごちゃごちゃに折り重なって、むなしく夜露に濡《ぬ》れていた。

チキンはするりと降り立って、馬を木につないだ。家の中はひっそりして、どれだけ呼びかけても返事はなかった。ドアが開いていたので、そろそろと足を入れた。月明かりだけでも留守とわかる。マッチをすってテーブルのランプに火を灯《とも》した。男が一人で暮らしを立てている小屋だろう。ここで要領よく家捜しをするうちに、願ってもない掘り出しものが見つかった。小ぶりな茶色の水差しに、欲しくてたまらないものが一リットル近くも残っていたのだ。

それから三十分後、いまや猛々《たけだけ》しい闘鶏となったチキンが、もつれそうな足取りで家を出た。留守だった男の持ち物のおかげで、よれよれの衣服をあらためることができた。ざらついた茶色の綿布で上下の服がそろっている。上着のほうは小粋《こいき》なボレロになっていて、なかなか洒落《しゃれ》たものだった。足にはブーツをはいていた。ふらつく一歩を踏み出すたびに、がちゃりと拍車が鳴る。銃弾を満載したベルトを腰に巻いて、大型の六連発が二挺拳銃《ちょうけんじゅう》で左右のホルスターに落とし込まれていた。

さらに付近を物色して、毛布を見つけ、馬具を一式見つけている。こうして鞍にまたがり、手綱をとって、歌にもならない歌を高らかに歌いながら、疾走を開始した。

バド・キングを首領として牛馬の盗みを働く無法者の一味が、フリーオ川の岸に集まり、人目につかない場所を選んで野営していた。リオグランデ川一帯での荒稼ぎは、とくに凶暴というほどでもなかったが、すっかり名を轟《とどろ》かせてしまったので、ついにキニー大尉の率いる警備隊に追討の命が下っていた。バド・キングは知将である。血気にはやる部下を制して、こちらの居所を気取られる愚を避けた。しばらくは司直の手を逃れ、フリーオ渓谷を天然の隠れ家にしたのだった。

この作戦は当を得たもので、度胸で知られたバドの評判と矛盾することではなかったが、一味の中には離反の動きが出た。藪だらけの荒れ地に潜伏するうちに、バド・キングは首領としてふさわしいかという密談がささやかれるようになったのだ。バドの力量に疑義が出るとは初めてのことだが、ようやく栄光にも影がさしてきて（それが栄光の運命で）次の新しい星が光を得ようとしていた。つまり、「黒鷲」を頭にしたほうが、ぱっと景気がよくなって、一味に箔《はく》がつくのではないかという見方が固まりつつあったのだ。

この黒鷲、またの名を「国境の怪物」と言われた男は、三カ月ほど前から仲間に加わっている。

ある晩、サンミゲル池での野営中に、ただ一騎、みごとな荒馬を乗りこなして駆け込んだ者がいた。すさまじい面構えの男が来たもので、獰猛《どうもう》な鷲のように曲がった鼻が、青黒い剛毛を生やした髭面《ひげづら》にせり上がり、目には洞窟《どうくつ》のような凄味《すごみ》があった。ブーツには拍車をつけ、ソンブレロをかぶって、拳銃は二挺、したたかに酔って、こわいものなしの勢いがあった。リオグランデ流域にあって、バド・キング一味の真ん中へ乗り込んでくるほどに向こう見ずな人間は、まずいない。ところが、この猛鳥は恐れ気もなく舞い降りて、何か食わせろと言ったのだ。

大平原では、もてなしの精神に限りがない。たとえ通りかかったのが敵であっても、食うものを食わせてから撃ち殺す。まず手持ちの食糧を空にして、鉛の弾を空にする。だから、何のつもりかわからない正体不明の客人にも、大盤振る舞いをしてやった。

それにしても、おしゃべりな鳥だった。とんでもない大言壮語を繰り出して、どこの言葉をしゃべっているのだと思うような語り口にもなるが、あざやかな色彩が曇ることはない。バド・キングの一味には新鮮な驚きがあった。いつもとは違う人間との出会いはめったにないのだ。この男の話に釣り込まれて聞いてしまった。自慢たらたらの法螺話《ほらばなし》があって、きわどい風味が効いていて、この世界を知りつくしたように笑いとばして、野放図に開けっぴろげな心情をぶちまける。

この飛び入りの客にしてみれば、野営していた連中は田舎者の集まりでしかなかったので、うまいこと丸め込んで食いものを出させようとした。食うためなら農家の裏口あたりで口八丁の芸を披露することもある。また、この男が一味の正体を知らなかったとしても、たしかに無理からぬことだろう。南西部の盗賊団は、これ見よがしに悪党めいているわけではない。魚釣りのピクニックか、ペカンの木の実を集めに出てきた呑気《のんき》な人々、と思われても仕方ない。物腰は穏やかで、のそのそ歩いて、おとなしい声を出して、地味な服を着ている。どう見ても、名うての兇状《きょうじょう》持ちという姿ではなかった。

二日間、野営の連中が、この燦然《さんぜん》と輝く新入りを歓待した。それから全員一致で、こいつも仲間に加えようと決めた。これを男も了承して、では「キャプテン・モントレサー」という名前で呼んでもらおうと言ったので、いくら何でも大袈裟《おおげさ》すぎるとして却下され、「ピギー」という代案が出された。豚なみに底なしの食欲に対して敬意を表した命名である。

かくしてテキサスの国境地帯に新たな盗賊が出現した。このあたりの藪だらけの土地を、かつてない豪傑が駈《か》けることになったのだ。

それから三カ月ほど、バド・キングはいつもどおりの仕事を続け、官憲との衝突を避けて、ほどほどの稼ぎに甘んじていた。放牧されている上等の馬をごっそり盗み、いくらか牛もいただいて、まんまとリオグランデ川を越させてから、いい値段で売り払った。食糧や弾薬を補給したくなれば、小さな村やメキシコ人の集落を襲って調達した。いずれも血を見るような押し込みではなかったが、ともかくもピギーの悪相と悪声は噂《うわさ》となって広まり、おとなしい声とわびしい顔の賊徒が一生かかっても得られないような評判を呼んでいた。

メキシコ人は命名の術《じゅつ》に長《た》けている。あれは黒い鷲だと言いだして、子供への脅しにも使った。おっかない泥棒が来て、大きな嘴に子供をくわえて攫《さら》っていく、というのである。まもなく、この名前が広まって、「黒鷲、国境の怪物」は、大袈裟な新聞報道や牧場の噂話の定番になっていた。

ヌエセス川からリオグランデ川にかけては、未開ながらも肥沃《ひよく》な土地が続いて、もっぱら羊や牛の牧場になっている。移動は勝手で、たいして人は住んでいない。法律は空文であって、盗賊の取締りもないに等しかったのだが、これだけピギーが派手に名前を売ってしまうと、そうはいかなくなった。ついにキニー大尉率いる一隊が進発したと聞くに及んで、バド・キングは壮絶な開戦を覚悟するか、さもなくば一時の撤退もやむなしと考えたのだが、ここで無用の冒険は避けたいという判断から、フリーオ河畔の攻めにくい地点に引き上げを命じたのだった。というわけで、一味の中に不満がつのることにもなったのだ。バドを糾弾しようとする動きが出て、いっそ黒鷲を跡継ぎに据えてしまえという気運も高まった。これに気づかぬバド・キングではなく、あるとき腹心のキャクタス・テイラーを呼んで、相談を持ちかけている。

「うちの連中がおれにあきたらねえってことなら、おれは降りたってかまわねえ。身内の扱いようが気に入らねえってんだろうが、サム・キニーが出張ってきたんじゃ逃げるにしかずと思ったんだ。それが何より頭に来るってんじゃなあ。撃ち殺されるか放り込まれるか、そうならねえようにしてやったら、おれじゃあ物足りねえときやがる」

「それもそうでしょうが――」キャクタスが考えを述べた。「ピギーのやつに入れ込んじまってるんですよ。あいつを先頭に押し立てて、でけえ鼻をくっつけた髭面で風を切ってもらいてえだけなんで」

「めずらしい野郎だからなあ」バドは考え込むように言った。「まだ見きわめたわけじゃねえが、すげえ声を出して、みごとな駆けっぷりだぜ。だが、いまんとこ煙をくぐったことはねえ。やつが来てからこっち、荒っぽい仕事はなかったな。メキシコ人の若えのを追い散らして、そのへんの店を襲うくらいなら、たいした働きを見せるやつだ。缶詰やチーズをかっさらうことにかけては大泥棒なんだが、いざ実戦となったら、いつもの食い気を出してくれるのかどうかわからねえ。ふだん喧嘩《けんか》に飢えてるように見えるやつが、ちょっと鉛玉を食らったら、もう腹が痛くてたまんねえなんてこともある」

「よく自分では偉そうに言ってますがね。さんざん修羅場をくぐったそうですよ。あっちこっちで場数を踏んで、世間が広いんだとやら」

「そうだな」バドはカウボーイの言い方を真似て、疑わしさを口にした。「もっともらしいこった！」

こんな話をしたのが、ある野営の晩のことで、そのほかの八名はのんびりと夕食をとりながら、火のまわりでだらけた格好をしていた。話を終えたバドとキャクタスに、ピギーのどら声が聞こえた。いくら食べても足りない大食漢が、いくらか食欲を鎮《しず》めようとしながら、いつもの大音声《だいおんじょう》を仲間に向けている。

「——どうしようもねえよ。赤けえ牛やら馬やら追っかけて、あっちへこっちへ何千マイル？　だから何だってんだ。藪だらけの地面をさんざっぱら走りまわるんだぜ。のども渇くわいな。ビール工場をもらったっておさまらねえよ。食うものだって食いそこなうしな。おれが頭目だったら、どうすると思う？　列車強盗だな。ねらいは現金。ぼやぼやしてねえで急行貨物でも襲っちまやあいいのよ。じれったくてしょうがねえ。こんな牛泥棒じゃあ、しけた稼業《かぎょう》で、つらすぎるぜ」

しばらくたって、バドに物申す面々が来ていた。とはいえ気まずい思いをさせたくもないので、もじもじ所在なげに立って、メスキートの枝を噛《か》みながら、どうにか遠回しに言おうとする。バドにも用件はわかっていたので、うまく聞いてやった。たとえ危ない現場を踏んでも、ぼろ儲《もう》けをしたいということだ。

ピギーから列車強盗の話を聞いて、すっかり焚《た》きつけられた連中は、言いだしたピギーの豪傑ぶりにますます感じ入っていた。いままでは素朴なだけで芸もなく、いつものように大平原を駈けまわるだけの盗賊団だった。牛や馬をかっさらって、邪魔するやつがいれば銃をぶっ放す。それよりほかには何も考えたことがなかった。

バドは「真っ正直に」対応した。とりあえず黒鷺を首領とした上で、自分は副将格におさまり、しばらく様子を見てやろうというのだった。

それからは軍議を重ねた。列車の時刻表を調べ、このあたりの地形を検討して、ようやく新企画を実行する時と場所が決まった。ちょうどメキシコ領内では食料の不作になり、アメリカ側では牛の育ちが悪かったため、国境を越える物資の輸送が、ひとしきり盛んになっていた。多額の金が両国間の鉄道を流れることにもなったのだ。今回の候補地として最有力なのはエスピーナだということで議論はまとまった。I&GN線の小駅で、ラレードの北四十マイルほどに位置している。そこでの停車時間は一分。まわりには未開地が広がる。一棟だけの駅舎が駅長の家を兼ねていた。

黒鷲の一味は、夜の行軍を開始した。エスピーナ近辺まで来ると、昼間には駅から数マイルの林に馬を休ませている。

列車の到着は午後十時三十分の予定だった。おそらく翌日未明には、奪った戦利品を持ってメキシコ国境を越えていられよう。

黒鷲のために言い添えておけば、頭目として担《かつ》がれた立場にふさわしくないような、気後れした様子は一切見せていなかった。

手下を要所要所に配置して、それぞれの役割を言い含めている。線路の両側の藪に四名ずつを伏兵とした。駅長を脅しつけるのは、垂れ耳のロジャーズにまかせる。野馬のチャーリーは全員の馬をそろえて、いつでも駆け出せるようにしておく。機関車が停まると予測される地点には、片側にバド・キング、反対側に黒鷲がみずから伏せていて、機を逃さず運転士と缶焚《かまた》きを引きずり下ろし、最後尾へ行かせる。それから小荷物の貨車を荒らして、あとは逃げるだけだ。黒鷲が合図として一発撃つまでは、誰も持ち場を動いてはいけない。これで手はずは整った。

予定の時刻まで、あと十分。とうに配置は完了し、各人が木の茂みにひそんでいた。南西部に特有の低い木々が線路《せんろ》脇《わき》までせり出して、身を隠すには都合がよい。夜の闇《やみ》は深く、メキシコ湾から飛来する雲が急を告げるように細かい雨を落としている。黒鷲は線路から四、五メートルほどの茂みにうずくまった。二挺の六連発を腰のベルトにつけている。ポケットに入れた黒い壜を、口に運ぶこともあった。

線路の彼方《かなた》にぽつんと星があらわれたと見る間に、ぐんぐん光を増して、列車の前照灯が近づいた。轟音《ごうおん》が大きく迫る。一眼の怪物が、待ち伏せしていた無法者どもを懲《こ》らしめんとして、発光し、絶叫して、のしかかってくるようだ。黒鷲は地面にへばりついた。機関車は予測通りに停まってくれなかった。バド・キングと挟み撃ちにするはずの地点を四十メートル近くも行き過ぎている。

立ち上がった首領は、茂みに目をこらして見まわした。手下どもは合図を待って潜伏している。と、黒鷲のすぐ目の前に、気になるものがあった。この列車は通常の編成とは違って、客車と貨車が混在しているようだ。黒鷲の前に停まったのは箱型の貨車だった。どういうわけか、いくぶんドアが開いている。これに手をかけて全開にした。ふわりと漂う匂《にお》いがあった。じっとりして、饐《す》えたような、懐《なつ》かしさのある、かび臭いような、酔ってしまいそうな大好きな匂いに、楽しかった旅の記憶を突つきまわされる。黒鷲は魅惑の匂いに鼻をうごめかせた。長らく放浪した者が幼い日の小屋へ帰って、蔓《つる》をからますバラの匂いをかいだようなものだ。懐旧の思いにとりつかれてしまった。手を出すと、貨車のフロアに木屑が敷かれていた。さくさくした木の薄片が丸まって心地よさそうだ。外の小雨は冷たい雨に変わっていた。

先頭のベルが鳴った。盗賊の首領はベルトをはずし、拳銃もろとも地面に投げ捨てた。すぐに拍車も大きなソンブレロも続いた。黒鷲の羽根が抜け替わっている。ごとり、と列車が動いた。国境の怪物だった男は貨車にもぐり込み、ドアを閉めた。のうのうと木屑に寝そべると、黒い壜をしっかり胸に抱いて、目をつむり、おっかない顔にうれしそうな笑みを浮かべて、チキン・ラグルズは帰路についた。

無法の一味が襲撃の合図を待って低く身構えているというのに、まるで何事もなかったように列車はエスピーナ駅を出発した。速度が上がるにつれ、木の茂みが黒っぽい影のように左右の窓を飛び過ぎて、荷物係の乗員はパイプをくゆらせ、外をながめては、しみじみと考えた。

「まったく、列車強盗にはうってつけの場所だぜ」

緑のドア

The Green Door

では、夕食後にブロードウェーを歩いているとしよう。十分と決めた時間で葉巻を吸いながら、これから芝居でも見るつもりで、楽しめる悲劇と、シリアスな軽演劇と、どっちがいいだろうと考える。そんなときに、いきなり腕をつかまれて、あわてて振り向けば、美女と目が合うとしたら驚きだ。いくつもダイヤモンドをつけて、黒貂《くろてん》の毛皮をまとった女に見られてどぎまぎする。すると急いで手渡されるのが、熱くてたまらないバターロール。さらに小型の鋏《はさみ》を取り出した女の早業で、コートの第二ボタンをちょん切られる。女が意味ありげに発する言葉は一つだけ。なぜか「平行四辺形！」と叫ぶなり、すたすたと横町を逃げていって、うしろが気になるように振り返る。

これはもう冒険としか言いようがあるまい。だが、これに乗っていけるかというと、そうはいかない。いったい何なのかと気色ばんで、こっそりロールパンを捨てて、未練がましくボタンの穴をいじりながら、そのままブロードウェーを歩いていくだろう。いまだ冒険心を死なせていないという稀《まれ》に見る幸福な人間でないかぎりは、そういうことになるはずだ。

本物の冒険をする人は、いつの時代にも多くはない。記録に名を残すほどの人物も、たいていは何かの用事があって、そのために新規の工夫をこらした事業家なのであり、欲しいものを追って出ていった。金の羊毛、聖杯、美姫《びき》、財宝、王冠と名誉――。だが真の冒険とは目的も計算もなく出発し、思いもよらぬ運命との出会いを果たすことである。その意味では、聖書に出てくる放蕩《ほうとう》息子が――家に帰ろうとしてからの物語が――案外いい例になりもする。

中途半端《はんぱ》な冒険家なら――これだって立派な勇者には違いないとして――世に多い。十字軍からハドソン川の崖《がけ》まで、そういう者が歴史や小説という分野を華々しく彩《いろど》って、歴史小説という商売が栄えてきた。だが、いずれも目標がはっきりしていたのであって、たとえば獲得したい賞がある、蹴《け》り込むゴールがある、裏に魂胆がある、競争の道が見えている、新手の突きを繰り出す、名前を刻む、揉《も》め事にけりを付ける――といったような筋書きで動くのだから、真の冒険を追い求めたとは言いがたい。

大都会では、いつでもロマンスとアドベンチャーという双子の妖精《ようせい》が徘徊《はいかい》して、しかるべく追ってくる者はいないかと見ている。だから市街地をぶらついていると、この妖精にさりげなく目をつけられ、二十通りくらいの偽装した方法で度胸だめしに誘われる。たとえば、なぜかふと上を見る気になったとして、さる窓辺に見えた顔は、心の画廊に秘蔵した懐《なつ》かしき人である。あるいは、すっかり寝静まった大通りに、戸を閉《た》てた空き家から苦悶《くもん》と恐怖の叫びが洩《も》れてくる。よく知った家の前で降りるはずなのに、馭者《ぎょしゃ》が止めた知らない家のドアが開き、どうぞ、と笑顔で招かれる。何やら文字の書かれた一片の紙が、これぞ偶然のいたずら、格子《こうし》のある高窓からひらひらと足元に落ちてくる。いそがしく人の行きかう雑踏で、知らない誰かと目が合って、憎《ぞう》悪《お》の、愛情の、恐怖の火花を散らしもする。にわかに雨が降りだして、傘をさしかけてやった相手を見れば、満月の娘か星空の縁者かというような輝く女。いずこの街角でも、ハンカチが落ちて、手が招いて、まわりに目がある。千変万化の、迷える、さびしき、夢中な、謎《なぞ》めいた、危ない冒険の糸口を、するりと手に持たされる。だが、せっかくの糸口を、しっかり握って手繰ろうとする者は少ない。たいていは常識という鉄の棒を背中に突っ込まれたように硬直しているから、その場は素通りしてしまって、いずれは平凡きわまりない人生の終わりに近づき、所詮《しょせん》ロマンスなどは一度か二度の色褪《いろあ》せた結婚にすぎず、せっかくバラの形をしていたサテンのリボンを引き出しに鍵《かぎ》をかけてしまい込んだようなもので、現実にはスチーム暖房機といがみ合うだけの一生だった、と思い返すしかない。

ルドルフ・スタイナーの冒険は本物だった。毎晩のように出歩いている。廊下の奥に間借りした寝所から打って出ては、奇想天外、不埒《ふらち》千万なものを追い求めていた。この次の角を曲がったら何が待ちかまえているのやら、そういうことが面白くてたまらない。わざわざ運命にちょっかいを出しているのだから、おかしな道に踏み込みもする。二度ばかり警察の署内で夜を明かした。知能犯にはカモにされ、してやられたと思ったことが再三再四。あるときは甘言に釣られて時計と現金をごっそり巻き上げられていた。それでも熱意が減ずることはなく、手袋が投げられるたびに敢然と拾って応じて、心楽しき冒険リストに書き加えていた。

ある晩、ルドルフは旧市街を貫く道をそぞろ歩いていた。道行く人には二筋の流れができている。まず家路を急ぐ人。そして逆に、まだ帰ろうとはしない人、つまり千燭光《しょっこう》の明るさのもと、いらっしゃいませと言われて食事をしたがる人である。

この若き冒険家は、なかなか人当たりがよくて、落ち着きも気配りもあった。昼間はピアノ店の販売員をしている。ネクタイを留めるのにタイピンは使わず、トパーズのリングに通していた。さる雑誌の編集部に宛《あ》てて、ミス・リビー著『ジュニーの恋の試練』こそ、人生で最も影響をあたえられた本でした、と投稿したこともある。

さて、歩いていたら、ガラスの陳列ケースに人間の歯があって、かたかたと激しく揺れていたので、とっさに（気色が悪いと思いつつ）こんなものを店の前に置いているレストランがあったのかと思った。だが、よく見れば、隣の入口に高々と掲げた電飾の文字で、歯科医院もあるのだとわかる。また黒人の大男がいて、縫い取りのある赤い上着、黄色いズボンに軍隊帽という派手に目を引く服装で、大勢の通行人の中から受け取ってくれそうな人をさぐるように、チラシの券を配っていた。

歯医者の宣伝としては、こういうこともあるのだろう。いつものルドルフなら通過するだけで、チラシ配りの在庫を減らしてやったりはしない。ところが今夜にかぎっては、アフリカ系宣伝員がするりと手の中へすべらせてきた券を、これは器用なことをするものだと思って、つい笑いながら受け取っていた。

いくらか歩きだして、何の気なしに券を見た。おかしい。ひっくり返して裏も見た。片面はまっさらだ。反対側にはインクの文字で「緑のドア」とだけ書いてある。すると三歩先を行く男が、もらったばかりの券を捨てていた。それを拾ってみれば、ちゃんと歯科医の名前と住所が印刷されて、義歯、ブリッジ、歯冠の治療時間というお決まりの予定表、それから信じてよいのかどうか「痛くない」という謳《うた》い文句もあった。

冒険好きなピアノ販売員は、しばし街角に佇《たたず》み、考えた。それから道路を渡って、一ブロックほど下り方向へ歩いて、渡り直して、また上り方向の歩行者に混じった。

あの黒人の前を、もう一度、さりげなく通過して、差し出される券を無造作に受け取った。十歩歩いて券を見る。さっきと同じ筆跡で、やはり「緑のドア」と記されていた。前後を行く歩行者が、三人、四人と券を捨てる。無地の面を上にして舗道に落ちたのを裏返せば、いずれも歯科医院の名前が麗々しく書かれていた。

いたずら妖精アドベンチャーが二度の手招きをしなくても、いつものルドルフ・スタイナーなら忠実に冒険を追いかける。だが、この夜は二度になった。そして、いよいよ探究が始まった。

ルドルフはゆっくり歩いて戻った。かたかた鳴る歯のケースがあって、大きな黒人がいる。今度は通りかかっても券を渡されなかった。奇抜な衣装で立っている大男だが、おのずと身についた野人の威風がある。なめらかな所作を見せて、渡すべき人には券を差し出し、そうでなければ行くにまかせていた。三十秒に一回くらいは、わけのわからない濁声《だみごえ》の文句を唱えていたが、市電の車掌かオペラのように聞こえなくもない。このときルドルフは券をもらえなかったばかりか、黒光りする重量級の顔から冷ややかに見下す表情を向けられたように思った。

これは冒険家の心にぐさりと刺さった。たとえ口には出さずとも、だめなやつだと言われたような気がする。券の片面の文字がどういう意味なのかはともかく、この黒人は二度までも大勢の中から彼を選んで謎の券を持たせたのだ。それなのに謎に立ち向かう知恵も度胸もなかったのかと詰《なじ》っている。

若い男はせわしない人の流れから外れて、冒険が潜んでいるに違いない建物を、ざっと瀬踏みするように見上げた。五階建て。小さなレストランが地下にある。一階は、いまは閉まっているが、帽子屋か毛皮屋と見た。二階は、ちらちらと電気の文字が光るのだから、これが歯医者だろう。その上には何語だかわからないように看板が入り乱れて、手相見、仕立屋、音楽家、医者が入居していることを言い立てる。さらに上の階は、窓にカーテンがかかって、牛乳瓶らしき白い影が見えるから、普通の家庭生活もあるらしい。

これだけのことを見てとると、ルドルフはすたすたと石段を上がって建物に入った。カーペット敷きの内階段を二つ上がったところで足を止める。ぼんやりしたガス灯が二つあって、それだけが廊下の明かりになっていた。右手側のガス灯までは距離がある。左手側はいくらか近くて、うっすらと光の輪ができている中に緑色のドアが見えた。一瞬のためらいはあったが、チラシ配りの黒人のにんまり笑って愚弄《ぐろう》する顔が見えるような気がして、まっすぐドアに近づきノックした。

これに応答があるまでの寸秒寸刻。まさしく真の冒険に息遣いは速まり、これに目盛りが刻まれるようなものである。緑色の板を隔てた向こうに、何があるのか知れたものではない。賭博場《とばくじょう》にでもなっているのか、悪知恵にたけた連中が罠《わな》を仕掛けているのか、はたまた美女が勇者を待ちこがれているのか、あるいは危険か、死か、恋か、失望か、嘲笑《ちょうしょう》か——無謀なノックに呼応して何が飛び出してくるかわからない。

かさこそと小さな音がして、ゆっくりとドアが開いた。まだ二十歳前かという娘が立っていた。蒼白《そうはく》な顔をして、足元が覚束《おぼつか》ない。ドアノブにかけた握力をゆるめ、さぐるように手をかざしながら、ふらりと倒れそうになる。これを受け止めたルドルフが、壁際《かべぎわ》の色褪せたカウチに寝かせてやった。ドアを閉めて、ゆらめくガス灯の明かりで室内を一瞥《いちべつ》する。さっぱりしているが、極貧という物語しか読みとれない。

娘は気絶でもしたように動かない。ルドルフはあわてて部屋の中を見まわした。樽《たる》でもないかと思った。うまく転がして樽に乗せれば——あ、いや、それは海難の救助だ。とりあえず帽子を手に持って扇《あお》いでやったのがよかった。山高帽の縁が娘の鼻先にあたってしまって、それで目を開けたのだ。この顔、と若者は思った。これこそが心の画廊に収まるべきなのに、ずっと欠落していた肖像だ。素直な灰色の目、つんと尖《とが》った小さめの鼻、豆の蔓《つる》のように巻いた栗色《くりいろ》の髪。いままでの大冒険が行き着く先には、こういう宝物があったのだ。それなのに何とまあ痩《や》せてやつれた顔だろう。

娘は静かな目を向けて、小さく笑った。

「わたし、気を失ったんですね？」と弱々しく問いかける。「でも、仕方ないんです。三日も何も食べなければ、倒れますでしょう」

「何だって《ヒンメル》！」思わずドイツ語が口をついて、ルドルフは飛び上がった。「ちょっと待って。すぐ戻るから」

緑のドアから駆けだして階段を下りた。二十分後には帰ってきて、爪先《つまさき》でドアをとんとん蹴《け》った。開けてくれという合図だ。食料品店とレストランへ行って、抱えられるだけのものを買ってきた。これをテーブルにならべる。パンとバター。冷製の肉、ケーキ、パイ、ピクルス、牡蠣《かき》、ローストチキン。ミルクと熱々の茶は、それぞれ壜《びん》に入れてきた。

「とんでもない話だ」ルドルフは息巻いた。「食べないなんて命取りだよ。そんなのだめだ。選挙の賭《か》けみたいなもんだ。ほら、夕食ができた」そう言って若い娘を椅子《いす》に坐《すわ》らせ、「ティーカップでもあるかな」と聞いた。「窓の横の棚に」というのが答えだ。彼がカップを手にして戻ると、彼女はきらきらと目を輝かせて、女の直感で紙袋から引き出した大きなディル風味のピクルスにかぶりついていた。彼は笑いながらピクルスを取り上げ、カップにミルクをついだ。「こっちが先だ」と言いつける。「それから茶も飲むといい。それからチキンの手羽。いい子にしてたら、あすはピクルスもあげよう。さてと、いやじゃなかったら、夕食をご相伴させてもらえるかな」

彼はもう一つの椅子を引き寄せた。茶を飲んだおかげで娘の目が明るくなり、いくらか顔色も戻ったようだ。今度は、野生の動物が腹をすかせていたように、澄ました顔でがつがつ食った。ここに若い男がいて、その男に救ってもらったということを、自然な成り行きのように思っているらしい。礼儀を軽んずるというのではなく、あまりに大変な目に遭ったので、しばらく人間界の決まりごとを免除されているというようだ。徐々に回復して余裕ができてくると、しかるべき常識も戻ってきて、こうなった事情が語りだされた。ありきたりな話である。大都会では毎日の、あくびが出そうなほどに普通のことだ。若い女の店員が、もともと安給料である上に、あれこれの「罰金」をとられて、なおさら店の売り上げを増やしていく。身体《からだ》をこわして勤務時間に穴をあけ、もう来なくていいと言われて、望みをなくす。そうしたら——冒険家が緑のドアをノックした。

この物語は、ルドルフが聞くかぎりでは、『イリアス』なみの叙事詩であり、『ジュニーの恋の試練』が山場にさしかかったようでもあった。

「きみがそんなひどい目に遭うなんて」と彼は叫んでいる。

「大変だったの」娘が重々しく言った。

「この町に親戚《しんせき》とか知り合いとか？」

「いいえ、全然」

「僕もまったく一人だ」ルドルフは、やや間合いをとってから言った。

「いいじゃないの」娘は即座に応じた。さびしい境遇に賛同されて若い男はうれしくなった。

ぱたん、と娘の瞼《まぶた》が落ちて、深い溜息《ためいき》が洩れた。

「すごく眠い——。いい気分だわ」

ルドルフは席を立って、帽子を手にした。

「じゃあ、今夜はこれで。ゆっくり寝るといい」

彼は手を差し出し、彼女が握り返して「おやすみなさい」と言った。だが彼女がひとつ聞きたくてたまらないという目になっていて、その切実な表情を隠そうともしないので、彼は言葉で答えてやった。

「うん、またあした、様子を見に来るよ。あきらめの悪い男なんでね」

すると、出ていく男に、女が言った。ここへ来たという現実にくらべれば、どうやって来たかという経過は、ついでに聞くだけでよいのかもしれない。「どうしてこのドアをノックしたの？」

そう言っている顔を見て、もらった券のことを思い出し、ちくりと猜疑心《さいぎしん》の痛みを覚えた。あの券が、ほかの冒険好きの男の手に落ちていたらどうなったことだろう。とっさの判断で、ほんとうのことは言えないと思った。つらい思いをした彼女がとんでもなく危うい偶然にさらされていたことになるのだが、そこまで知らせてはいけない。

「ピアノの店で調律師をしてる人が、この建物に住んでるんで、そっちのつもりで間違えてノックしてしまった」

緑のドアを閉めようとして最後に目にしたのは、彼女が笑った顔だった。

階段を下りる前に立ち止まり、あたりに好奇の目を向けた。それから廊下の先まで歩いていって引き返し、今度はひとつ上がった階で謎の探索を続けた。どの部屋もドアは緑色だった。

どういうことだと思いながら、舗道まで下りた。あの奇抜な黒人がまだ立っている。ルドルフは手にした二枚の券を突きつけるように、黒人に正対した。

「言ってもらおうか。なぜ僕にこの券を持たせた。これは何だ」

にかっと善良な笑みを見せて、黒人は華やかに広告主の宣伝をした。

「あっちでやってんですよ」と、街路の先を指さす。「でも、いまからじゃ第一幕には間に合わないかもしんねえ」

その方角へ目をやると、さる劇場の入口に、夜目にも鮮やかな電飾の看板が上がっていた。本日の演目は『緑のドア』。

「いい芝居だそうなんで。ここで歯医者のチラシを配ってたら、どうせならこっちも頼むって一ドルくれたんで、芝居のも混ぜて配ってます。歯医者の、一枚あげましょうか？」

ルドルフは、住んでいる界隈《かいわい》まで来ると、街角で寄り道してビールを飲み、葉巻を買った。そして葉巻に火をつけて出てきて、上着のボタンをかけ、帽子を押し上げてから、角の街灯に向けて、堂々と言ってのけている。

「どうあろうと運命だ。あの人を見つけるまでの道のりは、運命の手で拓《ひら》かれた」

この状況で、この結論を出した。まったくルドルフ・スタイナーという男は、ロマンスとアドベンチャーを真に追求する域にあったと言えるだろう。

いそがしいブローカーのロマンス

The Romance of a Busy Broker

ピッチャーという男はブローカー事務所の秘書である。いつもなら無表情に動かない顔に、この日ばかりは、おや、と言いたげな色が浮いた。雇い主であるハーヴィー・マックスウェルが、若い女性の速記係をともなって颯爽《さっそう》と現れた朝九時半のことだった。「おはよう、ピッチャー」マックスウェルは歯切れのよい挨拶《あいさつ》を投げて、机を飛び越したいのかと思うような勢いで猛進し、机上で処理を待っている手紙や電報の山に突っ込んでいった。

若い美人は、この一年ほど速記の業務に携わっているが、とうてい速記では追いつかない美しさを見せていた。ポンパドールの髪型に装《よそお》ったりはしない。ネックレス、ブレスレット、ロケットの類《たぐい》はつけない。ランチに誘われたら応じるという素振りも見せない。ドレスは地味なものだが、さりげなく身体《からだ》の線をわからせている。小粋《こいき》な黒の帽子はターバンのようで、金色に緑色が混じった金剛インコの羽根がついていた。この日の彼女は、ふんわり控えめに輝いていた。その目には夢を見るような光が射《さ》し、ほんのり頬を染める色に本物の良さがあって、うれしいことを振り返るようないい顔をしている。

ほほう、と思っているピッチャーは、けさの彼女がいつもとは違う動きをしている様子も見ていた。自分の机がある隣室へ直行しそうなものなのに、この場を去りがたいとでもいうように、ふらりとマックスウェルの机に近づき、存在を意識されて当然の距離にまで行っている。

だが、もはや机に向かっているのは人間ではなかった。ニューヨークのブローカーという機械が、ぶんぶん回る歯車、ほどけようとする発条《ばね》の仕掛けで、せわしなく動いていた。

「え——何かな？ どうかした？」マックスウェルはぴしゃりと言った。大混雑する机の上では、すでに開封した郵便物が舞台に降らせた雪のように積もっている。グレーの目の眼光が、ぶっきらぼうに、じれったそうに彼女を射た。

「いえ、べつに」速記係は小さな笑みを浮かべつつ引き下がった。

「あの、ピッチャーさん」と秘書に声をかけて、「きのうマックスウェルさんから聞きませんでした？ 新しい速記係を雇うなんて話は出てません？」

「出ましたよ」とピッチャーは言った。「一人さがしておけというお話でした。それで、きのうの午後、紹介所に言っておいたんです。これから人間の見本が来るはずなんですが、もう九時四十五分なのに、まだ影も形も、ご婦人の帽子もパイナップルのチューインガムも全然見えない」

「それじゃあ、わたし、いつものように仕事しますね。代わりの人が来るまでは」彼女は即座に自分の机に行って、金色と緑色のインコの羽根のついた黒いターバン帽を、いつもの場所に掛けている。

もしマンハッタンのブローカーが猛然と仕事をこなす姿を見たことがないとしたら、人類学の研究をする上では不利な条件にあると言えよう。「いざ栄光に生きる凝縮の時」と謳《うた》った昔の詩人もいるけれど、ブローカーの時間は凝縮どころではない。時間の満員電車である。一分一秒がぎゅう詰めになって吊革《つりかわ》につかまり、車両の出入口まであふれかえっている。

こうしてハーヴィー・マックスウェルの忙しい一日が始まった。受信機がかたかた動きだし、刻々の相場をテープに印字して吐き出す。机の電話が発作を繰り返すようにじゃんじゃん鳴る。事務所に詰めかける人がいて、仕切りの手前から、喜びの声、きつい声、毒のある声、熱くなった声を張り上げる。使い走りがメモや電報を持って駆け込み、駆け出す。事務員は嵐《あらし》の海の水夫のようにばたばた飛びまわる。あのピッチャーでさえも、いくらか硬い顔がほぐれて活性を帯びるようだった。

証券取引所には、ハリケーンが、地崩れが、吹雪が、氷河が、火山がある。そんな大自然の動乱が、ブローカー事務所には小規模に再現されている。マックスウェルは壁際《かべぎわ》へ椅子《いす》を押しやり、ダンサーが爪先《つまさき》で踊るように実務を遂行した。印字テープを見てから電話に飛びつき、机にいたと思えばドアに向かう。練達の道化師を見るような動きだった。

どんどん仕事の緊張が高まったところで、ふと気がつけば巻き上げた金色の髪が見えていた。かぶっているビロードの帽子にダチョウの羽根飾りがついて、ゆらりゆらりとお辞儀する。サックドレスはアザラシ皮に似せたもの。ヒッコリーの実のような大きさの玉をつないだ飾りをつけて、その下端の銀のハート形がほとんど床に届きそうだった。これだけアクセサリーが来ているということは、中身の人間も来ている。この自信ありげな若い女性について、ピッチャーが解説をした。

「募集の件で紹介所から来てもらった人です」

マックスウェルはいくらか身体をひねった。書類や印字テープで手がふさがっている。「募集って何の？」機嫌を損ねたような顔だ。

「速記係ですよ。きのうおっしゃいましたでしょう。けさ来てもらうように手配せよとのことで」

「どうかしてるぞ、ピッチャー。そんな指示を出すわけがないだろう。いまのレズリーさんは、ここへ来てからずっと完璧《かんぺき》な勤めぶりだ。自分から辞めないかぎりいてもらうよ。――じゃ、そういうことで、お引き取りを。ピッチャーは募集を撤回しておいてくれ。もう来させるなよ」

銀のハート形がぷりぷり怒って出ていった。勝手に揺れて事務所の備品にぶつかりながらのお帰りだ。ピッチャーは一瞬の合間をとらえて、このごろ「うちの大将」は日に日に浮き世離れしていくという感想を簿記係に言った。

取引はますます油断も隙《すき》もない情勢になった。いま買いたたかれている銘柄には、マックスウェルの顧客がたっぷり投資しているものが五つや六つはある。買い注文売り注文が、飛びかう燕《つばめ》のように目まぐるしく出入りした。どうかすると自身の持ち株までも危うくなりそうで、この男は精巧かつ強力な機械がトップギアに入ったように働いていた。最高度に張りつめて、全速で動いて、正確にして果断、また適切かつ明快な決定を下し、ただちに次の行動に移って誤算がない。株券に債券、ローンに抵当、マージンに担保――という金融には金融の世界がある。人間界、自然界の割り込む余地はない。

そろそろ昼時が近づいて、わずかながら落ち着きが生じた。

マックスウェルは机の横に立っていた。電報やメモで手がふさがり、右の耳に万年筆をはさんで、ばらけた髪が目の上にかかりそうだ。もう春のことで窓は開いている。春という愛すべき管理人が、目覚める大地の通風口に、そっと暖気を送り込んでくれていた。

この窓からふんわりと——あるいは迷子になってたどり着いたのかもしれないが——漂ってくる匂《にお》いがあった。かそけくも甘いライラックの香りだ。これが一瞬、ブローカーを金縛りにした。これはレズリー嬢の香り。そうなのだ、そうでしかない。

こうなると彼女を思わずにいられない。すぐ目の前にいて届きそうなほど、ありありと見えている。さしもの金融の世界が見る影もなくしぼんだ。その彼女は隣室にいる。せいぜい二十歩の距離でしかない。

「そうだ、いましかない」ほとんど声に出ていた。「いますぐ言おう。こんなに引き延ばしたのが不思議だ」

すばやく塁に入る遊撃手のように隣の部屋へ駆けだして、速記係の机を急襲した。彼女は笑顔で目を上げる。ほんのり頬を染めて、やさしい屈託のない目になっていた。マックスウェルは片肘《かたひじ》を机についた。いまなお両手をふさぐ書類がひらひら揺れて、耳にはペンをはさんだままだ。

「レズリーさん」と勢い込んで言った。「時間がないんで、ずばり言わせてもらいます。妻になってくれませんか？　世間なみにお付き合いする暇はありませんでしたが、あなたを愛していることは確かです。すぐに返事を願います。いまだってユニオン・パシフィックの株がとんでもないことに——」

「もう、何を言ってるのかしら」若い女性が、つい大きな声を出していた。立ち上がり、目を丸くして相手をまじまじと見ている。

「わかってくれないのかなあ」マックスウェルはもどかしそうだ。「結婚してほしい。愛してるんだよ、レズリーさん。それが言いたくて、ちょっとだけ息をつける合間を見つけたんだ。ああ、もう電話がかかってきてる。少々お待ちをと言ってくれ、ピッチャー。どうだろうな、レズリーさん」

速記係の見せた反応はおかしなものだった。とっさに驚愕《きようがく》したようである。それから不思議そうな目になって涙を流してから、その目に日の射したような笑いを見せて、一方の腕がいとしげにブローカーの首へ回っていった。

「そうね、そうよね」やわらいだ声になる。「これだけお仕事があるんだから、ほかのことはみんな忘れちゃうんだわ。一瞬どうしたのかと思った。でも、ハーヴィー、覚えてる？　わたしたち、きのうの晩、八時に、〈角を曲がった小さな教会〉で結婚したのよ」

赤い酋長の身代金

The Ransom of Red Chief

いけると思ったんだ。まあ、あわてるな、いま話す。あのときは南部にいて――つまりビル・ドリスコルと二人でアラバマにいて、かどわかしの名案を思いついた。あとでビルに言わせると「ちょっとばかり幻を見てしまった」ということだが、その場ではわかっちゃいなかった。あっちにはパンケーキみてえに真っ平らな町があって、サミットなんていうお決まりのとんがった名前がついている。まるっきり毒気のない連中が、のほほんと暮らしてるぜ。五月になると柱を立ててお祭りをするだろう。そういう土臭い田舎の見本のようなところだ。

ビルと二人で、やっと六百ドルの持ち金しかなかった。西イリノイで土地を転がそうと思ってたんだが、あと二千はないと元手にならない。そんなことを宿屋の表階段で言い合って、田舎じみた町ってのは子供を可愛がる度合いが高かろうって話になった。したがって、いや、それればかりじゃないんだが、そういうことでもあるのだから、誘拐の成功率も高いのではないかという計算だ。新聞がわざわざ記者にさぐらせて書き立てようなんていうことの圏外だからな。サミットみたいな町だったら、せいぜい保安官の下っ端《ぱ》がおっとりした犬でも連れて出てきて、あとは『農業週報』とか何とかが不埒《ふらち》きわまる犯罪云々《うんぬん》と書いておしまいだ。見込みとしちゃ悪くねえだろ。この父で、狙《ねら》いをつけたのが、エベニザー・ドーセットという名士の一人息子だ。教会の寄付が親がなかなか立派な始末屋でね、人のものは何でも抵当にとりたがる。そいつまわってくればお次へどうぞとやり過ごす。とった抵当は平気で流しちまう。教会の子供ってのは年が十歳、雀斑《そばかす》だらけのでこぼこな面《つら》ぁして、髪の毛の色ってえと駅の売店で売ってる雑誌の表紙色とでも言うかな。これをかっ攫《さら》って身代金が二千ドル、一セントも負けられねえ、と言ったら親父《おやじ》はへなへな腰を抜かすだろうと思った。だから、あわてるなって、いま話すよ。

町から二マイルほど離れて小高い山がある。杉の木がびっしり生えてる山の裏側を上がっていくと洞窟《どうくつ》があって、そこへ兵糧《ひょうろう》を蓄えたと思ってくれ。

ある日、夕暮れを待って、馬車でドーセットの家の前へ行ったら、子供が道へ出て遊んでいた。向かいのフェンスにいた小猫に石をぶつけていやがるんだ。

「おい、坊主《ぼうず》!」ビルが声をかけた。「キャンディを一袋やるぞ。乗らねえか?」

そうしたらレンガのかけらが飛んできて、ビルの目ん玉にみごと命中。

「このやろ、あと五百は親父に吹っかけてやる」ぶつくさ言いながらビルは車輪に足を掛けて降りた。

子供はウェルター級の熊《くま》みたいに暴れたが、そこを何とか馬車に押し込めて走りだし、洞窟へ連れていって、馬は杉林につないでおいた。暗くなってから、おれ一人で三マイル先の村まで借り物の馬車を返しに行って、歩いて山へ帰った。

そうしたらビルがさかんに絆創膏《ばんそうこう》を貼《は》っていた。顔に引っかき傷、打ち傷ができている。洞窟の入口の岩陰で、焚《た》き火が燃えていた。子供はコーヒーが沸いてるのを見ていて、その赤毛の髪にハゲタカの尾羽がすっすっと立ってるじゃないか。おれが近づいたら、棒っきれを突きつけやがって――

「こら！　けしからん白人め、大平原を震え上がらす赤い酋長《しゅうちょう》のキャンプに来るとは、いい度胸だな」

「こいつ、すっかり元気だぜ」ビルはズボンの裾《すそ》をまくって、臑《すね》の打ち身を見ていた。「インディアンごっこなんだよ。これに比べりゃバッファロー・ビルの西部劇ショーなんざ、公会堂の幻灯スライドで聖地の風景を見せるみたいなもんだ。おれはハンク爺《じい》さんっていう毛皮猟師で、赤い酋長につかまって、あすの夜明けには頭の皮をはがれることになってる。まったく足癖の悪い餓鬼だぜ。えらく蹴《け》っ飛ばしやがる」

いやはや、そういうことなんで、こんなにおもしろい遊びはないというつもりらしい。自分がつかまってるくせに、洞窟で野宿だと思って大はしゃぎだ。まもなく、おれはスネークアイという名前にされた。敵の斥候だってことで、いま出陣している酋長配下の戦士が戻ったら、夜明けとともに火あぶりの刑になると決まった。

それから夕食にしてやったんだが、あの餓鬼、ベーコンとパンを頰張って、こってり脂《あぶら》ぎった口で、むしゃむしゃ食いながら演説を始めやがった。だいたいのところを言うなら――

「ここは楽しい。野宿なんて初めてだ。オポッサムを飼ってたことはある。こないだの誕生日には九歳だった。学校は行きたくない。ジミー・トールボットの叔母さんとこで斑《まだら》の鶏が卵を産んで、十六個までネズミに食われた。このへんの森に本物のインディアンはいるかな。もっと脂ぎってるのを食べたい。木が動くから風が起こるのか？　うちに子犬が五匹いた。ハンクはどうして赤っ鼻なんだ？　うちの父さん、金持ちだよ。星は熱いのかな。土曜日にエド・ウォーカーを鞭《むち》で二度ひっぱたいた。女の子は嫌いだ。ヒキガエルは紐《ひも》がないと捕まえにくいよな。雄牛も鳴く？　どうしてオレンジは丸い？　この洞窟にベッドはある？　エイモス・マレーのやつ、足の指が六本だ。オウムはしゃべるけど、猿や魚はしゃべれない。どうしたら答えが十二になるでしょう」

ところが、何分かに一回はインディアンだったのを思い出しやがって、棒きれの銃を手にしては、そっと洞窟の入口から外の様子をうかがった。にっくき白人の斥候が来るかもしれない。どうかすると戦いの叫びをあげるんで、猟師のハンクがびくつくんだ。ビルは初めっから子供に恐れをなしていた。

「赤い酋長よ」おれは子供に言った。「家へ帰りたいと思わないか?」

すると「おう、なぜに?」ときやがる。「家はつまらない。学校は行きたくない。野宿したい。まさか連れて帰るのではないよな、スネークアイ」

「すぐにとは言わんさ。しばらく洞窟にいてもらう」

「いいよ、そうする。こんなおもしろいことないもんね」

その晩は十一時頃に寝た。幅のある毛布を敷きならべて上掛けをかぶる。赤い酋長はおれとビルの間に寝かせた。逃げられる気遣いはなかった。というどころか、こっちが三時間も寝つけなくされた。ぱっと跳ね起きた酋長が、棒の銃を引っつかみ、「いいか、静かにっ」と、きんきんした声を、おれなりビルなりの耳元へ突き刺す。枝や葉っぱがかさこそ鳴っただけで、子供の心には凶暴な一味が忍び寄ってきたことになるらしい。どうにかこうにかおれも寝たようだが、おかしな夢を見てしまった。

獰猛《どうもう》な赤毛の海賊につかまって、鎖で木に縛りつけられる夢だった。

するとわずかに空が白んだ頃合いに、すさまじい悲鳴が立て続けに聞こえて、いやでも目が覚めた。ビルの声には違いないが、怒鳴る、叫ぶ、吠《ほ》える、喚《わめ》くというような、男の発音器官から出そうな声ではなかった。いかにも情けなく、けたたましく、恥も外聞もない悲鳴であって、女が幽霊か毛虫を見たような声だ。でっぷりした悪漢が夜明けの洞窟でひいひい騒ぎ立てるのだから、もう聞いていられたものではなかった。

すわ何事かと思って飛び起きたよ。赤い酋長のやつめ、ビルの胸の上に坐《すわ》り込んで、髪の毛を引っつかんでいやがる。もう一方の手には鞘《さや》を払った鋭利なナイフ、こいつはベーコンを切るのに使ってたんだが、それでもって几帳面《きちようめん》に、本物そっくりに、ビルの頭の皮を剝《は》ごうとしていた。前の晩に宣告した刑を執行する気になってるんだ。

このナイフを取り上げると、おれは子供を押さえつけて寝かせた。ところがビルはすっかり怖《お》じ気《け》づきやがって、またベッドに横になったとはいうものの、こんな子供がいたんじゃ一睡もできやしねえってことになった。おれは少し寝たようだが、そう言えば太陽が出たら火あぶりになるんだったと思い出して、べつに怖がったわけじゃないが、一応は起き上がって、パイプに火をつけて、岩に寄りかかっていた。

「おい、サム、やけに早起きじゃないか」ビルが言った。

「おれが？　いや、なんだか肩が痛くなっちまって、坐ってたら楽になるかと」

「嘘《うそ》つけえ。おっかねえんだろ。夜明けに火あぶりだもんな。いや、マッチの一本でもあったら、この餓鬼、ほんとにやりかねねえ。ひでえよな。こんなやつを取り返すために、わざわざ身代金なんて出すかな」

「出すさ。こういう憎たらしい悪餓鬼ほど、親は可愛がるもんだ。じゃあ、ここで酋長と食事の支度でもしてくれ。おれは山に登って偵察してくる」

小山のてっぺんへ上がって、ずっと遠くまで見渡した。サミットの方角から屈強な村の衆が押し出してくるのではないかと思っていた。大きな鎌《かま》や干し草フォークを手に取って、悪逆無道な誘拐犯を狩り立てようとするだろう。しかし、ざっと見たところ、のんびりした風景だ。ぽつんと一人だけ、くすんだ茶色のラバを使って土地を耕している男がいる。川沿いに底をさらおうとする動きはない。使いの者が飛びまわって、知らせにもならない知らせを取り乱した両親にもたらすという事態でもなさそうだ。アラバマの田舎に広がるのは、とろんと眠気を誘うような、のどかに平穏な気分であるとしか見えなかった。「これはどうやら」と、おれは思った。「いまだご存じないと見える。狼《おおかみ》さんが来て子羊ちゃんを攫ってったんだが、何てこったい、狼さん」

そう思いながら、そろそろ朝の食事だというつもりで山を下りた。

だが洞窟へ戻ってみれば、ビルが岩壁に追い詰められて、ぜいぜい息を喘《あえ》がせていた。子供はココナツの半分くらいありそうな石を持って、いまにもビルにたたきつけようとするところだ。

「この餓鬼、あつあつに茹《ゆ》で上がったジャガイモを、おれの背中に落とし込みやがった」と、ビルが事情を言った。「しかも、そこんとこを足でどんと蹴飛ばして潰《つぶ》しやがる。こっちからもぶん殴ってやったんだが、なあ、サム、銃を持ってなかったっけな」

おれは子供の手から石を取り上げ、どうにかその場をおさめた。それでも子供がビルに言うには、「これですむと思うな。赤い酋長をひっぱたいて無事だったやつはいない。覚えていろ」

食事のあとで、子供はポケットから何やら取り出した。硬い革に紐を巻いたようなものだったが、その紐をほどきながら洞窟の外へ出ていく。

「今度は何をやらかそうってんだ」ビルが不安げな口をきいた。「逃げようってんじゃないだろうな」

「その心配はない。うちへ帰りたがるお子様じゃねえよ。そんなことより身代金をいただく算段をしたほうがいい。いまのところ町に騒がしい様子はねえんだ。いなくなったと気づいてないのかもな。一晩くらいなら、叔母さんの家とか、近所の家とか、そのあたりに泊めてもらってると思うこともある。ともかく、きょうあたりには騒がしくなるさ。今夜にも親父に宛《あ》てて脅迫状を出そう。子供を返してほしくば二千ドル、ということだな」

すると、いきなり戦の雄叫《おたけ》びが聞こえた。巨人ゴリアテを打ち倒すダビデもかくやという声だ。さっき赤い酋長が取り出したのは、石を飛ばす武器だった。それを頭の上にぐるぐる振りまわしていやがる。

とっさに首をすくめた。がつんと重い音がして、むふうと息を洩《も》らしたのはビルだった。馬が鞍《くら》をはずされると、こんな声を出す。卵くらいの大きさの黒っぽい石が、ビルの左耳のうしろを直撃していた。へなへなと倒れたビルは、皿洗いの湯をわかすつもりで火にかけていたフライパンに突っ込んでしまったので、おれが引きずり出して三十分ばかり頭から水をかけて冷やしてやった。

ようやく身体《からだ》を起こしたビルは、耳のうしろへ手をやって、「あのな、サム、聖書に出る人物で、好感の持てるのは誰かっていうと」

「わかったわかった。すぐ正気に戻れる。大丈夫だ」

「ヘロデ王がいいな。子供を殺せと命じてくれる。——なあ、サム、おれを置いて出てったりしないよな？」

おれは洞窟を出て、子供をつかまえ、顔の雀斑《そばかす》がじゃらじゃら鳴りそうなほどに揺さぶった。

「いいかげんにしねえと、まっすぐ家へ帰らせるぞ。どうだ？　わかったら、いい子になってろ」

「ちょっとふざけただけなのに」子供はむくれたように言う。「ハンク爺さんに恨みはない。あんなに殴らなくてもいいじゃないか。じゃあ、スネークアイ、うちへ帰らせるんじゃなくて、きょうは黒い斥候の役をさせてくれるなら、おとなしくしてもいいよ」

「そういう遊びは、おれの知ったことじゃない。ビルと二人でやってろ。きょう一日、遊び相手になってもらえ。おれは仕事があるんで、ちょっと出かける。いいか、あっち行って、ビルさん、ごめんなさいって言って、仲良くしてろ。いやなら、さっさと帰らせるぞ」

おれは子供とビルに握手をさせてから、そっとビルだけにポプラ・コーヴへ行ってくると言った。三マイルほど離れた小さな村だ。この一件をサミットでどう見ているのか、できるだけ聞き込んでくるつもりだった。それに、この日のうちに親父のドーセットに脅迫状を出すのがよいと考えていた。有無を言わせないような文面で、金額と支払い方法を知らせてやる。

「なあ、サム」と、ビルが言った。「おまえと仲間になってから、おれは何があろうと裏切らなかったよな。地震でも火事でも洪水でも、ポーカーのゲームでも、ダイナマイトの爆発でも、警察の手入れでも、列車強盗でも、サイクロンでも、瞬《まばた》き一つしなかった。だが今度ばかりは、ロケット花火に二本の足が生えたみたいな餓鬼をさらっちまって、つくづくまいったぜ。なあ、サム、すぐ戻ってきてくれるんだよな？」

「午後には戻る。それまで子供をおとなしく遊ばせてろ。じゃあ、そうと決まれば、まず親父に一筆書くとするか」

おれとビルは、紙と鉛筆を用意して、手紙の文句をひねり出そうとした。赤い酋長は毛布を巻いた格好で行ったり来たり、洞窟の入口を警備していた。するとビルのやつは、おれに泣きつかんばかりになって、身代金は二千じゃなくて千五百にしておこうと言いだした。「いや、もちろん親が子を思う気持ちは尊いもので、それを安っぽく見積もろうというんじゃない。でもな、向こうだって人間だろ。あんな山猫に雀斑くっつけて体重を四十ポンドにしたようなやつに二千も出すってのは、人間としておかしいよ。手一杯吹っかけて千五百じゃないかな。差額の五百は、おれの損にしといていいからさ」

まあ、それでビルの気がすむのならと思って、そういうことにした。二人で書いた手紙は、こんなようなものだ。

エベニザー・ドーセット殿

ご子息は預かった。サミットから離れた場所に隠している。さがしても見つからないだろう。どんな探偵を雇っても無駄なことだ。息子を取り返す方法は、ただ一つ。身代金千五百ドルを高額紙幣でいただこう。支払いは今夜、真夜中。まず返答を入れるのと同じ場所の同じ箱——以下に述べる——に入れてもらう。もし承知するなら、書面の返答を使いの者一人に持たせて、今夜八時半に届けること。アウル川を渡ってから、ポプラ・コーヴへの道を行くと、右手の小麦畑の柵《さく》に沿って、百ヤードほどの間隔で三本の大木がある。その三本目と真向かいになる杭《くい》の根元に、厚紙の小箱があるはずだ。

その箱に返答を入れたら、ただちにサミットへ立ち帰ること。

おかしな真似《まね》をしたり、指示を守らなかったりすれば、二度と子供には会えなくなる。

指示通りに支払いがなされれば、三時間以内に子供は無事に戻る。以上、条件に変更はない。それがいやなら今後一切の連絡はないものと思っていただきたい。

無法の二人組より

こうしてドーセットに宛てた手紙をポケットに入れて、いざ出かけようと思ったら、子供が寄ってきた。

「あのさ、スネークアイ、留守中は、ぼくが黒い斥候になってていいって言ったよな」

「ああ、言った。好きにしてろ。ビルさんが遊んでくれるさ。どんな遊びなんだ？」

「ぼくが黒い斥候になって」と、赤い酋長が言った。「味方の陣地へ馬を飛ばして、インディアンが来るってことを開拓民に知らせる。もうインディアンは飽きちゃった。今度は黒い斥候がいい」

「わかった。どうってこともなかろう。ビルさんに付き合ってもらえ。厄介な連中の悪だくみを防いだらいい」

「おれは何をするんだ？」ビルは疑念の眼差《まなざ》しを子供に向けた。

「馬になる」黒い斥候が言った。「四《よ》つん這《ば》いになってよ。馬がいなくちゃ陣地まで行けないだろ」

「しばらくご機嫌とっていてくれ」おれは言った。「思惑通りに動きだすまでの辛抱だ。あんまり堅いこと言うな」

お馬さんになったビルの目に浮いた表情は、罠《わな》にかかったウサギさんみたいだった。

「で、陣地までは、どれだけの距離があるんだ？」と、がさついた声で言う。

「九十マイル。よほどに頑張らないと間に合わない。それ行け！」

黒い斥候はビルの背に飛び乗り、どんと踵《かかと》で馬腹を蹴った。

「おい、頼むからよう、サム、大急ぎで帰ってきてくれ。こんなことなら千ドルくらいに負けといてもよかったと思うぜ。おい、おまえ、そんなに蹴飛ばすんじゃねえよ。馬だって立ち上がって、ひっぱたくぞ」

おれはポプラ・コーヴへ行って、郵便局を兼ねている商店にしばらく居坐り、何かしら用があってやって来る田舎者をつかまえては世間話をさせた。すると、ある髭《ひげ》もじゃの男が言うには、いまやサミットの町は上を下への大騒ぎであるらしい。エベニザー・ドーセットともあろう人の息子が、迷子になったか、さらわれたか、とにかく行方がわからない。と、まあ、そこまで聞けば充分だ。いくらかタバコを買って、さりげなく大角豆《ささげ》の値段などを口にして、こっそり手紙を投函《とうかん》してから店を出た。小一時間もすれば集配人が来て、ここにある郵便をサミットへ持っていくだろう、ということも聞いている。

洞窟に戻ったら、ビルと子供がいなかった。あたりを捜索しながら、ちょっと危ないことだがヨーデルみたいな声で呼んだというのに、さっぱり反応がない。

おれはパイプに火をつけて、苔《こけ》だらけの斜面に坐り込み、しばらく様子を見ることにした。

三十分くらい待ったところで、がさごそと藪をかき分ける音がして、ふらふらになったビルが洞窟前の草地に現れた。うしろに子供もいる。なるほど斥候というだけあって、そっと足音を忍ばせ、その顔がにんまりと笑っていた。ビルは立ち止まり、帽子をとって、赤いハンカチで顔をぬぐった。うしろの子供も、二、三メートル離れて止まった。

「なあ、サム、さぞかし節操のねえやつだと思うだろうが、もう万策尽きてやむを得ずだ。これでも大の男だから、いざとなりゃ身を守る覚悟はあらあな。だけども、どんな偉そうなこと言ってたって、どうしようもねえときはどうしようもねえんだ。あの餓鬼はいねえよ。うちへ帰らせたぜ。この一件は終わりだな。そりゃまあ、昔は殊勝な心がけの人もいて、せっかく獲《と》ったお宝は死んでも手放さねえなんていう精神になってたんだろうが、しかし、おれみたいな苦しみは味わっちゃいまいよ。この世のものとは思われなかった。おれだって立派な悪党になろうとしたんだが、もう限界だ」

「何がそんなに困ったっていうんだ？」

「さんざん馬になってさ、陣地まで九十マイルで、ただの一インチも欠けてねえや。それでもって、ついに開拓民が救われて、馬はオート麦をもらえることになったが、砂ってのは食えねえぞ。餌《えさ》になるもんじゃねえ。いや、まだある。それから一時間は、ああだこうだ小うるせえことを抜かしやがった。どうして穴ぼこは空っぽなんだ、どうして道はどっち方向にも行けるんだ、どうして草は緑なんだ——。なあ、人間、我慢の限度ってもんがあるだろう。やつの襟首《えりくび》をとっつかまえて、山道を引きずり下ろしてやったよ。じたばた暴れて蹴っ飛ばしやがるんで、こっちは膝《ひざ》から下が青痣《あおあざ》だらけになっちまった。親指から手のあたりも二度、三度と嚙《か》みつかれたぜ。この傷口は、荒療治でもいいから、どうにかしとかねえとだめだな。

ま、ともかく、やつはいねえよ。もう帰った。あっちへ行けばサミットだと言ってきかせて、そっちへ八フィートばかり、どんと蹴飛ばしてやった。これで身代金は消えたが、堪忍《かんにん》してくんねえ。ああでもしなきゃ、このビル・ドリスコルが脳病院へ行ってらあ」

と、さんざん息巻いていながらも、ビルの赤ら顔には至福の平安というべき安堵《あんど》の色が広がっていた。

「なあ、ビル」おれは言った。「おまえ、心臓の弱い家系だとか、そういうことはなかったよな？」

「ああ、そんな持病みてえなのはありゃしねえ。たまにマラリアになるか、ひょっこり何かしらあるくれえなもんだ。それがどうかしたか？」

「だったら、ちょいと振り向いてみちゃどうだ」

もちろん振り向けば子供がいた。ビルは顔色を失って地面にべったり坐り込み、草の葉っぱやら小枝やらに意味もなく手を出していじっていた。そうやって一時間くらいは、こいつの気は確かなのかと心配になった。だから、まもなく仕事は終わるはずだと言ってやった。親父のドーセットがこっちの言うとおりに動けば、もう真夜中には身代金をいただいて逃げている計算だ。するとビルもうっすら笑った顔を子供に向けて、もうちょっと落ち着いたら日本とロシアの戦争ごっこをしてやる、おれがロシア軍になってもいい、と約束するほどには気働きを取り戻していた。

おれは打つべき手を心得ていた。どう待ち構えていられようが、まんまと身代金をせしめてやる成算はあったのだ。これなら誘拐業の玄人《くろうと》でも納得するだろう。返書を置く目印にした木は――あとで金の置き場所にもなるのだが――道沿いの柵に近くて、あたりの土地はだだっ広いだけで何もない。もし張り込みがあって、手紙を取りに来るやつに目を光らせているとしたら、どっちから突っ切ろうが、道を歩いて来ようが、遠目にも丸見えになってしまう。ところがどっこい、おれは先回りで木の上にいたんだ。アマガエルがへばりついたみたいに木に隠れて、使いの者が来るのを待っていた。

　きっかり八時半に、小僧っ子みたいなやつが自転車で道をやって来て、杭の根元に置いたボール紙の箱を見つけ、折りたたんだ手紙らしきものをすべり込ませると、また自転車を漕《こ》いでサミットの方角へ帰っていった。

　それから一時間は様子を見て、どうやら危ない仕掛けはなさそうだと思ってから、するすると木を下りた。手紙を持って、柵づたいに森まで行って、三十分かそこらで洞窟へ戻っている。手紙を広げながらランプのそばへ寄って、ビルにも読んで聞かせた。のたくったようなペン文字だが、だいたい書いてあったことと言えば――

無法の二人組御中

　拝啓、本日、愚息を返還する条件に関わる書状を落手いたしました。いささか請求額が高いと思われますので、以下の対案を提示いたしたく、また御賛同いただけるものと考えております。もしジョニーを当家へお戻しになり、現金で二百五十ドルをお支払いいただくなら、引き取りに応じてもかまいません。ただし、ご来訪は夜になさるのがよろしい。近在の者どもは、ただの行方不明としか思っておりませんので、もし息子が連れ帰られる現場を見れば、いかなる所業に及ぶことやら、当方は責任を負えません。

敬具

エベニザー・ドーセット

「やらず打《ぶ》っ手繰《たく》りか、このやろう。言うに事欠いて、図々しいにもほどが——」

とは言ったものの、ビルの顔を見たら、あとが続かなくなった。こんな目をするのかと思うような、必死に訴える顔なのだ。もの言わぬ動物にも、おしゃべりな動物にも、こんな顔を見たことはない。

「なあ、サム、こうなったら、二百五十ドルくらい何てことないよ。それくらいの手持ちはあるだろ。もう一晩こいつと寝泊まりすることになったら、おれは廃人になる。このドーセットさんていう人は、きっと根っからの紳士で、たいした太っ腹じゃないかな。こんな条件を出してくれてるんだ。せっかくの機会を逃す手はなかろ？」

「ま、ほんとのことを言うとな、おれだって神経をすり減らしてるんだ。あの餓鬼、わけがわからねえ。さっさと送り届けて、身代金を払って、ずらかるとしようぜ」

この夜、おれたちは子供を送っていった。どうにか行く気にさせる方便で、おまえの親父が銀拵《ぎんごしら》えの鉄砲とモカシン靴を買ってくれたらしいから、あすにでも熊を撃ちに行こうと言っておいた。

エベニザーの玄関をたたいたのが十二時だ。十二時といえば木の下の箱から千五百ドルを抜き取っていたはずの刻限だが、このときはビルが二百五十ドルを勘定して、ドーセットの手に持たせていた。

おれたちだけが出ていくとわかると、子供は蒸気オルガンみたいな声を張り上げて、蛭《ひる》がへばりついたようにビルの脚にしがみついた。それを親父がじわじわと膏薬《こうやく》をはがすみたいに引き離す。

「どれだけ押さえていられる？」と、ビルが言う。

「若い頃のような力はないんだが」ドーセットは言った。「十分間くらいは大丈夫だ」

「それでいい。十分もあれば、州という州を突っ切って、カナダ国境へすたこらさっさとひとっ走りだ」

まだ暗くて、ビルは太っていて、おれは駆け足には自信があるのだが、サミットからたっぷり一マイル半も出たあたりで、ようやくおれはビルに追いついていた。

伯爵と婚礼の客

The Count and the Wedding Guest

ある晩、二番街の下宿屋でアンディ・ドノヴァンが食事の部屋へ出ていくと、家主のスコット夫人から新しい下宿人を紹介された。コンウェイ嬢なる若い女性だ。小柄でおとなしそうな人である。ただ地味なだけの茶系の服を着て、あまり気乗りもしないように料理の皿と向き合っていた。おずおずと上げた目には、相手を判じたいような色が透けていたが、それも束の間《つかま》のことで、ドノヴァンさんとおっしゃいますのね、と口ごもるように言ってから、マトンを盛られた皿に目を戻してしまった。そのドノヴァンさんは会釈《えしゃく》して応じている。いかにも上品な態度でにこやかな顔になれるので、いまや公私ともにさまざまな場面において評判がよく、急速に売り出し中の男だと言ってよいのだった。茶色い服の女のことは、さっさと心の中から消している。

二週間後、アンディは入口の階段に腰をおろして、のんびり葉巻を吸っていた。すると背後にさらさらと人の動く気配があったので、ふと振り向いて見上げると――振り向いたままになった。

出てきたのは、あのコンウェイ嬢だった。真っ黒なドレスは、クレープ・デ――デなんとかと言ったはずだが、そういう黒い薄地でできている。帽子も黒で、はらりと垂れたヴェールがまた黒で蜘蛛《くも》の巣のように薄かった。階段を下りる前に立ち止まって、黒いシルクの手袋をはめている。ほかの色は白にせよ何にせよ一点もない黒ずくめの衣装になっていた。豊かな金髪はまっすぐに撫でつけられ、首筋でつややかな結び目をなしている。とくに美人の顔立ちではないが、このときは大きなグレーの瞳《ひとみ》に引き立てられ、美人の域に達しようとしていた。その目は街路の向かいの家並みを越えた空をじっと見ている。切々と訴えるような哀愁の表情を浮かべた目なのだった。

さて、どういうことなのか、若い女性は心するがよい。つまり黒一色に装《よそお》って、それもクレープ・デ——そう、デシン、なるべくクレープ・デシンにしていれば正解だ。黒ずくめになって、悲しく遠くを見る目になって、黒いヴェールの下に輝く髪があって(という効果はブロンドの髪に限るとして)、そこで表情にも一工夫。いよいよ人生の入口にさしかかって、これから三段跳びのジャンプにかかるというときに、その若い命が大変な目に遭っているのだが、公園で散歩でもしたらいくらか気が晴れるだろうかという顔になっておいて、ちょうどよい頃合いに戸口から出ることにする——という筋書きで、あとは仕上げをご覧《ろう》じろ。しかしまあ、皮肉屋というのか、こんなことを喪服について言っているのだから無茶な話だ。

かくしてドノヴァン君、念頭になかったはずのコンウェイ嬢を、あわてて心の中に再記入している。まだ一インチと四分の一は残っていた葉巻を、あと八分間は吸っていられたはずだが、そんなものは放り出して、エナメル革の浅い靴にするりと体重を移動した。

「よく晴れた晩になりそうですね、コンウェイさん」と、何の迷いもなく声をかけている。もし気象局が聞いていたら、つられて四角い白旗を掲揚し、そのまま「晴」の標識として柱に釘付《くぎづ》けしてしまったかもしれないほどの晴れやかな声だった。

「そう思って楽しめる人にはそうなのでしょうね」コンウェイ嬢は溜息《ためいき》まじりに言う。

これではドノヴァン君も晴天を呪《のろ》いたくなる。天気には人の心がわからない！　雹《ひょう》が降って吹雪にでもならないと、いまのコンウェイ嬢の胸の内には似合うまい。

「ひょっとしてお身内に何か――あの、まさかご不幸でも？」と思いきって言ってみた。

「身内というのはちょっと」コンウェイ嬢は言いよどむ風を見せた。「ある方がはかなくなりまして――あら、こんなこと、ドノヴァンさんに申し上げたらご迷惑ですわね」

「迷惑？　とんでもない。喜んでうかがいま――あ、いやいや、悲しんでうかがい

——あの、誰よりもお気持ちに寄り添えるのではないかと」

コンウェイ嬢は小さな笑みを浮かべた。ああ、こんな顔をされると、何事もない静かな顔よりも悲しげに見える。

「笑えば世界も笑ってくれる、泣いたら世界が笑わせてくれる」コンウェイ嬢はどこかで聞いたようなことを言った。「そういうことがよくわかりました。わたくし、この町には知った人もいませんけれど、ドノヴァンさんは親切にしてくださって、ありがたいと思ってます」

そう言えば、食卓で胡椒《こしょう》をとってあげたことが二度あった。

「たしかにニューヨークって都会での一人暮らしはつらいです」ドノヴァンは言った。「でもね、いったん打ち解けると、とことん味方になってくれる、そういう昔からの小さな町でもあるんですよ。ぶらっと公園にでもお出かけになれば——ふさぎの虫もいくらか退治できると思いませんか？　もしよろしかったら——」

「まあ、ご親切に、ドノヴァンさん。では喜んで。こんな心に影のさした暗い女でもおいやでなければ、よろしくお願いしますわ」

鉄柵《てっさく》をめぐらしたダウンタウンの公園は、その昔は上流人士の息抜きの場になっていた。いまは開いているゲートをそぞろ歩きの二人が通り抜けて、静かなベンチを見つけている。

若い人の悲しみは、年寄りの悲しみとは違う。若いうちは、もし聞いてくれる人がいるなら、その分だけ重荷が軽くなる。年をとると、むやみに話をするばかりで、悲しみの総量は変わらない。

「じつは婚約してたんです」一時間ほどたってからコンウェイ嬢が言った。「春になったら結婚するはずでした。そんな馬鹿《ばか》なと思われても困りますが、その人、伯爵《はくしゃく》でしたの。イタリアの大っきな土地にお城があって、名前はフェルナンド・マツィーニ。あれほど優雅な方なんて見たことありゃしないんですのよ。でも、もちろん、うちのパパったら反対で、わたくしたち駆け落ちで逃げちゃったこともあるんですけど、追いつかれて、戻されて、これじゃもうパパとフェルナンドが決闘でもするんじゃないかと思いました。うちのパパは貸馬車屋をしてます、あの、プキプシーという町で。

そのパパも最後には、じゃあ、しょうがねえや、ってことになって、春んなったら一緒になれって言ってくれて、フェルナンドは爵位や財産の証拠を見せてから、まずお城の手入れをしておくと言ってイタリアへ発《た》ちました。ところがパパも意地っ張りだから、フェルナンドが嫁入り支度に何千ドルかくれようとしたら、なに言ってやがるみたいなこと言っちゃって、わたくしには指輪の一つも受け取ったらならねえなんて申しますの。フェルナンドは船出してしまいますし、わたくし一人でニューヨークへ出ることにして、キャンディストアでレジ係の職を得ました。そうしたら三日前のこと、イタリアから手紙が来まして、プキプシーから転送されたんですが、なんとゴンドラに乗っていたフェルナンドが水難に遭ったというのです。というわけで喪に服しておりますの。わたくしの心は、あの方のお墓に埋まったままになるでしょう。こんな女、おもしろくありませんわね。でも、ほかの方に気持ちを振り向けることができなくて。ドノヴァンさんには楽しいこともおありでしょうし、にっこり笑ってお付き合いくださる方々もいらっしゃいましょう？　わたくしが邪魔してはいけませんね。もうお帰りになりたくなってるんじゃないかしら」

ここでまた若い女性に言っておこう。青年が血気に逸《はや》って鶴嘴《つるはし》とシャベルを手にとる姿を見たいならば、誰それのお墓の中にわたしの心も埋まっていると言えばよい。若い男は墓を掘りたがるようにできている。未亡人となった女に聞けばわかることだ。クレープ・デシンを着て泣いている女がどこかに心をなくしているなら、どうにか取り戻してやろうとせずにはいられない。結局、死んだやつが割を食う。

「それはお気の毒な」ドノヴァン君、そうっと静かに口にした。「まだまだ帰るのはよしましょう。この町に知る人もいないなんて言ってはいけない。ほんとにお気の毒だと思いますよ。だから、ここに友人がいる、気の毒に思う者がいると信じてほしい」

コンウェイ嬢はハンカチで涙をぬぐってから、「写真をロケットに入れて持ってますの。人にお見せしたことはないんですが、ドノヴァンさんは別です。本物のお友だちだと思いますので」

そう言ってロケットの蓋《ふた》を開けて見せた写真を、ドノヴァン君はしげしげと見ていた。マッィーニ伯爵の顔は、見る者を惹《ひ》きつけずにはおかない。よく整った聡明《そうめい》な顔立ちである。なかなかの容貌《ようぼう》と言えよう。親分肌にさえも見える。

「もっと大きな写真を、額に入れて部屋に置いてありますの。帰ったらお目にかけますね。思い出の品というと、もう写真しかないんです。でも、わたくしの心の中には、いつもフェルナンドがいます。それだけは間違いありません」

ドノヴァン君には難題が突きつけられたものだ。コンウェイ嬢の心にある悲運の伯爵に取って代わらねばならない。こんな扱いにくい課題を引き受ける気になったのも、この女性への憧憬《しょうけい》があればこそだ。どれだけ困難であることかと思い悩む様子はなく、胸の内を察しながらも明るく接する友人、という役柄を買って出ている。これが上々の出来となって、それから三十分もたつと、コンウェイ嬢のつぶらなグレーの瞳にある悲しみが薄らいだとは言えないものの、この二人はそれぞれアイスクリームの皿を前にして、しんみりした話を続けていた。

この晩、下宿屋へ帰り着くと、まずコンウェイ嬢は自分の部屋へ駆け上がり、写真を持ってきた。写真をおさめた額が白い絹のスカーフにそっと大事に包まれている。これを見るドノヴァン君の目には不可思議な色が浮いた。

「あの人がイタリアへ発った晩にいただいたんです。ロケットに入れた写真も、この一枚から作らせました」

「立派な方ですね」ドノヴァン君は心から言っていた。「どうでしょう、コンウェイさん、今度の日曜日、午後からコニーアイランドへご一緒していただけませんか？」

その一カ月後、家主のスコット夫人および下宿人一同に、この二人が婚約を発表している。だが、あいかわらずコンウェイ嬢は黒い服を着ていた。

さて、発表から一週間、あのダウンタウンの公園の同じベンチに坐《すわ》る二人がいた。舞い散る木の葉、月明かり。まるで幻灯のからくりをのぞいたような、おぼろな男女の絵ができている。だが、この日、ドノヴァンの顔は、何やら気になることでもあるように、ずっと曇ったままだった。これだけ黙りこくっていられては、恋する心が問いたくなることを、恋する口は押しとどめていられない。

「どうかしたの、アンディ。今夜はむっつりしてばかり」

「いや、マギー、何でもない」

「何でもないことないわ。いままでとは違うもの。どうしたの？」

「たいしたことじゃないさ」

「やっぱりおかしいわよ。ほかの人のこと考えてるんでしょ。いいのよ、その人に会いに行っても。この腕をほどいて、そっちへいらっしゃれば？」

「じゃあ、言おうか」アンディは慎重に切り出した。「よくわからないところもあるだろうが――。マイク・サリヴァンという名前を聞いたことないかな。ビッグ・マイクと言われるくらいの大物だよ」

「知らないけど」マギーは言う。「知りたくもないわ。その人のせいで、あなたがこうなるなんていやだもの。誰なの」

「ニューヨークで一番の顔役だ」アンディはほとんど神様あつかいで言っている。「政界の表にも裏にも手を回せる人だよ。ともかく大きいんで、身の丈は一マイル、肩幅はイーストリヴァーの川幅も同然と言いたいね。ちょっとでも陰口をたたこうものなら、ほんの二秒かそこらで百万人も集まって、言ったやつの首根っこをつかまえる。なにしろヨーロッパへ行ったって、あっちの王様連中が巣穴へ逃げるウサギみたいになるという、そういう人だからね。

そのビッグ・マイクに親しくしてもらってるんだ。そりゃあ僕なんか、あの人の足元にもおよばない小物だが、マイクは相手が小物でも貧乏人でも分け隔てをしない。きょうだってバワリーを歩いていて出くわしたんだが、何とまあ、わざわざ寄ってきて握手しようとするんだ。よう、アンディ、ここんとこ仕事ぶりを見せてもらっていたが、なかなか頑張って地盤を固めてるようじゃないか、結構なことだ、なんて言われたよ。何か飲むかいって聞かれて、マイクは葉巻をふかしていたが、僕はハイボールにした。二週間後に結婚するんですって話をしたら、じゃあ、アンディ、おれにも招待状をくれ、そうすれば忘れずに式に出てやれる、なんていうことをビッグ・マイクが言うんだよ。言ったことは実行する人なんだぜ。

わかるかなあ、マギー、あの人が式に来てくれるんなら、片手を切って差し出しても惜しくないっていう気分なんだ。かつてない晴れがましい日になるだろうな。ビッグ・マイクのご臨席なら、前途洋々の門出になる。ね、だからこそ、今夜の僕が浮かない顔にもなってるんだ」

「すごい人なのね。来てもらえばいいじゃないの」マギーは気軽に言った。

「そうはいかない」アンディは悲しげだ。「来られたら困るんだよ。なぜかとは聞かないでくれ。言えないんだから」

「わたしならかまわないのよ。きっと政治がらみの話ね。でも、だからといって、あなたが笑顔になれないのはおかしいわ」

「マギー」ややあってアンディは言った。「僕を思う気持ちは、その、前の人への――マツィーニ伯爵への気持ちくらいには強いかな?」

しばらく待っていたが、マギーの返事はなかった。ところが、いきなりアンディの肩に寄りかかったマギーが泣きだしている。男の腕にすがりつき、身体《からだ》をひくひく揺らすように泣いて、クレープ・デシンが涙に濡《ぬ》れた。

「おい、おい、どうしたんだよ」なだめようとするアンディは、しばし自分の悩みを忘れた。「どうしたっていうんだ」

マギーは泣きながらに、「アンディ、あなたに嘘《うそ》をついてたの。もう結婚は無理ね、愛してもらえないわね。でも、やっぱり言わなくちゃ。伯爵なんてものは小指の一本もいやしないの。あたし、恋人みたいなの全然いなかった。そんなのはあたしだけで、ほかの女はいつも恋人の話ばっかり。それがまた男の人の気を引いてるんだわ。ね、アンディ、あたしって黒が似合うでしょ。そうよね。だから写真屋へ行って、あの写真を買って、ロケット用のも作ってもらって、伯爵がいたとか死んだとかいう話をでっち上げて、黒を着てた。そういう嘘つきが人に好かれるわけはないわね。あなたにも振られて、もう情けなくて生きていられなくなるんだわ。あたし、好きだと思える人はあなたしかいなかった——。言うことはそれだけ」

だが、もう押しのけられると思ったのに、アンディの腕は引き寄せようとする力を強めていた。目を上げると、すっきり晴れた笑顔があった。

「あの——許してもらえるの?」

「もちろん。そんなことどうでもいいんだ。で、あらためて墓場の伯爵の件だが、ようやく何もかも話してくれたね。結婚式までにはそうなってほしいと思っていた。いい子だよ!」

「アンディ」ともかく許してもらえることがわかって、マギーには照れ笑いのようなものが出ていた。「伯爵の話は、そっくり真に受けていた?」

「いやあ、それほどには」アンディは葉巻のケースに手を伸ばしながら、「あのロケットに入ってる写真ね、あれがビッグ・マイク・サリヴァンの顔なんだ」

この世は相身互い

Makes the Whole World Kin

盗賊は、窓からするりと入って、それから時間をかけた。盗みの芸を大事にするなら、じっくり手間をかけて、ようやく品物に手をかける。

一戸建ての個人宅だ。玄関を板張りで戸締めして、壁には蔦《つた》が伸び放題。ということは奥さんはどこか海辺のベランダで、親身なヨット帽の男を聞き役に、切ない心のうちを誰もわかってくれないの、とでも語っていることだろう。三階の表側に明かりが灯《とも》り、もう夏も終わりだということは、この家は主人だけが帰宅していて、まもなく消灯して寝室へ行くと見てよい。すでに暦の上でも気持の上でも九月である。もはや、ルーフガーデン、速記係の秘書、などと考えるのは虚栄にすぎず、そろそろ妻の帰りを待ちわびている頃だろう。しっかり長続きする正しい幸福を得て、品行方正に生きようとする季節である。

盗賊はシガレットに火をつけた。手をかざしたマッチの火が、彫りの深い顔立ちを一瞬だけ闇《やみ》に浮かばせた。盗賊としては第三種の男である。いまだ認知されることのない種属だ。警察の分類に一種と二種があることは知られていよう。この区別は簡単だ。着ている服に襟《えり》があるかどうかを見ればよい。つかまった泥棒に襟がなければ、最下等の悪人と目される。どこまでも性根の腐った卑劣漢ということで、一八七八年にヘネシー巡査のポケットから手錠を奪って逃げた不埒《ふらち》なやつはおまえだろうとも言われかねない。

もう一つ、襟のあるタイプも知られている。いわば泥棒紳士ラッフルズの小説を地で行くようなもので、昼の世界では常に紳士然としている。正装で朝食をとることも壁紙職人に化けることもあるが、夜になると、俄然《がぜん》、裏稼業《うらかぎょう》に転じる。その母親はオーシャングローヴに住んで何ひとつ不自由なく、周囲の尊敬を集める人である。そして紳士たるもの、もし監房へ入れられれば、ただちに爪《つめ》やすりと『ポリス・ガゼット』の差し入れを要求する。合衆国のあらゆる州に妻がいて、あらゆる準州に婚約者がいることになっているから、そういう縁ある女たちの写真ということにして新聞社は適当に手持ちのカットで間に合わす。五人の医師に見放されたが、何やらを一本飲んだだけでたちまち全快したという女性たちでよいだろう。

さて、夜盗は青いセーターを着ていた。つまり泥棒紳士でもなく、物騒なヘルズキッチン界隈《かいわい》から来た犯罪のシェフでもない。これは分類に困るだろう。盗賊の本分をわきまえた外連味《けれんみ》のない盗賊というものは、警察も聞いたことがあるまい。

この第三の盗賊が、いよいよ獲物を物色した。マスクで顔を隠しもせず、遮光できるランタンも持たず、ゴム底の靴も履いていない。だがポケットには三八口径のリボルバーを忍ばせて、ペパーミントのガムを思慮ありげに噛《か》んでいた。

家具には夏の間のダストカバーがかかったままだ。銀器は安全な地下蔵にでも行っていよう。どうせごっそり頂くつもりはない。ねらいを付けたのは、わずかに明かりの見える主人の寝室。独寝《ひとりね》のさびしさをごまかして、いまはぐっすり寝ているはずだ。ちょっとだけ、適正な利益の範囲で、軽いお勤めをさせてもらう。いくらかの現金、時計、宝石のついたタイピンという程度で、それほどに大それた理不尽な盗みはしない。窓が開いていたので、えいやと入ってみたまでだ。

盗賊は、明かりの洩《も》れている部屋のドアを、そうっと開けた。ガスの出が絞られていた。ベッドで男が寝ている。ドレッサーの上が乱雑で、いくつか出しっ放しのものがある。ぐしゃっと折りたたんだ紙幣、時計、キー、ポーカーのチップが三つ、もみ消した葉巻、ピンク色のシルクのリボン、あすの朝にそなえて未使用の制酸剤。

このドレッサーの方向へ三歩進んだ。するとベッドの男が、うぁっと声を上げて目を開けた。右手が枕《まくら》の下へすべり込んだが、それ以上どうともならない。

「動くな」盗賊は普通の話し声で言った。第三種の盗賊は威嚇《いかく》したりしない。ベッドにいる一般市民は盗賊が向ける丸い銃口を見るだけで、じっと動かなくなっていた。

「両手を上げてもらおう」盗賊が命じた。

市民は茶色にグレーの混じった髭《ひげ》を小さくぴんと尖《とが》らせて、痛くない歯医者のようにも見えていた。なかなかの人物のようだが、もどかしそうに怒りっぽい。ベッドに上体を起こし、右手を高く上げた。

「左手もだ」盗賊が言う。「どっちも使えるやつなら左で撃つかもしれないからな。二つ数えてもいいぞ。早くしろ」

「こっちの手は上がらん」市民は苦しげな顔になる。

「どうかしたか？」

「肩にリウマチがある」

「炎症？」

「まあな。どうにか腫《は》れはおさまったが」

盗賊は、苦しむ市民に銃を向けたまま、ふと立ち止まっていた。ドレッサーの上の獲物に目を走らせ、やや困ったように見えなくもない様子で、またベッドの市民に目を戻した。そして自分でも急に顔をしかめている。

「そんな顔をしなくてもよかろう」市民は腹に据えかねたように吐き捨てた。「強盗なら強盗らしくしたらいい。そこらにあるものを持ってけ」

「ちょっと待った」盗賊の顔がゆがんでいる。「いま一発来やがった。おれもリウマチとは長い付き合いなんでな。やっぱり左の腕がおかしい。おれだからいいようなものの、手を上げろと言われて上げねえんじゃ、ほかのやつならぶっ放してるところだぜ」

「ふうん、長いのか？」

「四年になる。これで終わりゃしねえな。一回なったら一生もんらしい。そうじゃねえかと思うんだ」

「ガラガラヘビの油ってのを試したか？」市民にも気になる話だ。

「さんざんやったよ。それだけのヘビをつなげたら、土星までの距離の八倍もあろうさ。ガラガラの音だってインディアナのヴァルパライソまで反響して返るだろう」

「チセラム錠ってのもあるな」市民が言った。

「ありゃだめだ！　五カ月呑《の》んでみたが全然効かねえ。フィンケルハム・エキス、ギレアド湿布、ポッツ散痛薬をやってみた年はいくらか楽になってたが、それだってポケットに栃《とち》の実を入れてたっていうだけのことかもしれねえ」

「朝方と夜中とどっちがひどい？」

「夜だな」と夜盗が言った。「いそがしい時間帯なのに――。おい、もう手をおろしてもいいぜ、大丈夫そうだ――お、そう言えば、ブリッカースタッフ造血剤は？」

「いや、それはまだ――。いつも急に来るのか、それとも慢性で痛いのか？」

盗賊もベッドにならんで腰をおろし、組んだ片足の膝《ひざ》に銃を置いた。

「びくんと来る。油断してると来やがるな。いつぞや二階の部屋をねらって上がろうとしたら、途中で動きがとれなくなっちまった。まったくなあ、医者なんてのは、どいつもこいつもだめだな」

「そんなもんだよ。いままで医者代に千ドルかけてどうにもならない。腫れることは？」

「朝にはある。それから雨が降りそうな日だと――ああ、たまんねえ」

「やっぱりそうか」市民が言った。「テーブルクロスくらいの湿気の帯がフロリダからニューヨークへ動き出したって、ちゃんとわかるもんな。うっかり劇場の前を通りかかって、『イースト・リン』みたいな芝居を昼興行でやってると、場内の湿気が伝わって肩から下に痛みが跳ねる。左腕で歯が痛くなったようだ」

「そう、もう地獄としか言いようがねえ」

「まったく、そのとおりだ」

盗賊は拳銃《けんじゅう》に目を落とし、なるべく刺激しないように、おずおずとポケットにしまった。

「なあ、精油をすり込んだりしたか？」盗賊がつらそうに言った。

「いかん！」市民が怒りをにじませる。「レストランのバターを塗るのと変わらない」

「だよな」盗賊も同調した。「ああいうのは、小さい子が猫ちゃんに引っ掻《か》かれて、指につけるくらいのもんだな。さあて、こうなったら仕方ねえや。することは一つだ。いくらかでも楽になるものと言ったら？　あの忘れちゃならない健康増進の水薬しかない。もう今夜の仕事はなかったことにする――すまんが――とりあえず着替えてくれよ、飲みに出よう。勝手を言って悪いけども――あ、痛っ！　また来やがった」

「ここんとこ一週間、人の手を借りないと着替えもままならない」市民は言った。「トーマスは寝てしまっているだろうし――」

「いいから降りろ。着替えくらい手伝ってやる」

ここで常識の観念が大波のように揺り戻して、市民を押し包んだ。つい茶色とグレーの髭の先をひねっている。

「おかしなことになった――」

「ほら、シャツだよ」盗賊が言った。「ずるっと降りて。オムベリー軟膏《なんこう》を使ったやつがいるんだ。二週間したら両手でネクタイを結べるようになったそうだ」

二人で戸口を出かかって、市民が引き返そうとした。

「うっかり金を忘れるところだった。きのうの晩からドレッサーの上に置いてある」

盗賊は市民の右袖《みぎそで》をつかまえた。

「いいじゃねえか」すっかり友だち口調になっている。「もう行こうぜ。いいよ、それくらい持ってるから。ウィッチヘーゼルとか冬緑油《とうりょくゆ》なんてものは使ったことあるか?」

車を待たせて

While the Auto Waits

黄昏《たそがれ》どきになると間もなく、小さい静かな公園の静かな一角に、またしてもグレーの服を着た若い女が現れた。ベンチに腰をおろして本を読む。あと三十分ほどは、まだ文字を読める時間があるのだった。

くどいようだが、女はグレーの服を着ていて、ぴたりと似合った仕立てを見逃しそうなほど、じつに簡素なものである。ターバンのような帽子の上から目の粗いヴェールをかぶっているが、おっとりした顔立ちの美しさがヴェールを透けてこぼれていた。じつは前の日も、その前の日も、まったく同時刻に来ていて、そうと知る者が一人いた。

そうと知っていた若い男は、幸運の神に犠牲《いけにえ》を焼いて捧《ささ》げるような心境で、この付近を離れずにいた。その心がけが神意にかなったのであろう。女がページを繰った拍子に、その指先をすべった本が転げ落ち、ベンチから一メートルくらい飛んでいた。

若い男は、このときとばかりに本に飛びつき、公園そのほか公共の場所では盛んに見られる体裁をつけて持ち主に返している。すなわち男らしい親切心と下心が練り合わされ、巡回中の警官を憚《はばか》って適度にやわらいでいた。愛想のよい声を出して、どうでもよい天気の話を仕掛けている。よくある話の取っかかりだが、得てして世の不幸のもとになる。そうやって運命を待ちながら、男は一時停止になっていた。

女はあわてることもなく、普段着の男に目を投げた。こざっぱりした身なりというだけで、とくに人の目に立つような男前ではない。

「よろしければ、お掛けになって」女はふっくらしたアルトの声を響かせた。「いえ、そうしてくださいません？　そろそろ暗くなって読めませんから、お話でもしましょうか」

幸運の神の僕《しもべ》たる男は、喜んで仰《おお》せに従い、女の横へすべり込むように坐《すわ》った。

「ええと、じつはですね」公園での議事を進める決まり文句のようなことを男は言った。「あなたほどの方を見かけるのは、このところ絶えてなかったことで、きのうも遠くから拝見したと言いましょうか、ええと、きれいな目にたまげた男がいるなんて、ご存じなかったですよね？」

「どなたか存じませんが――」冷ややかな答えが返った。「そこいらの女と一緒にしないでください。いまのは聞かなかったことにしてあげますわ。そういう失言は――たぶん、そちらのお暮らしでは、めずらしくもないのでしょうね。お掛けくださいとは申しましたが、いまのようなことをおっしゃるなら、招待は取り消しにいたします」

「これは失敬。あやまります」男は恐れ入ったようだ。しめたと思っていた顔が、しまったという悔恨の表情に変わっていた。「どうもお見それいたしました。いや、まあ、ご存じかもしれませんが、あ、いや、ご存じではないかもしれませんが、よく公園にいる女というのは――」

「そういうお話はご遠慮願いたいですわね。ま、存じてはおりますけれども。それより、このへんを行ったり来たりしている人のことを聞かせてくださいな。ずいぶんの人出ですわね。どこへ行くのでしょう。どうして急いでるの。あれで楽しいのかしら」

若い男は、へらへらした態度を引っ込めた。もはや受けに回っていて、どんな役どころが望ましいのか見当をつけかねている。

「たしかに見ているとおもしろいものです」とりあえず相手を立てて応じた。「すばらしき人生模様と申しましょうか、これから夕餉《ゆうげ》の席へ向かうのか、はたまた――そうでもないのやら。どんな物語を引きずっているのでありましょうか」

「そう思います？　わたくし、そこまで詮索《せんさく》したくもありませんが。ここへ来て坐っているのは、一般の方々の大きな心の鼓動を聞きたいだけ。そうするには、ここへ来るしかないのです。わたくしの住まうところまでは、ちっとも聞こえてまいりませんの。さきほど、わたくしから話しかけたのは、どうしてだと思います？　あの——」

「パーケンスタッカーといいます」男は自分の名前を言って、その次への期待をにじませる。

「いいえ」女は、ほっそりした指を一本上へ向けて、わずかな笑みを浮かべた。「言えばわかってしまいますもの。どこでも活字になってしまいます。名前ばかりか、顔だって出されてしまって……。このヴェールと帽子、うちのメイドに借りたのですけれど、おかげで身分を隠していられます。まったく、運転手のびっくりした顔をお見せしたかったわ。わたくしが気づいていないつもりで、すごい顔をしましたもの。そう、正直に申しまして、別格中の別格と思われている家名が、五つか六つはありますね。そういう家に、生まれついてしまいました。さきほどスタッケンポットさんに声をかけたのは——」

「パーケンスタッカーです」男は穏便に訂正を申し入れた。

「——パーケンスタッカーさん、さきほどは、たまには普通の人とお話ししたいと思いましたの。お金があるとか、身分があることになってるとか、そういう箔《はく》をつけてるのとは違う人。あの、わたくし、すっかりいやになってます――お金、お金、お金！　まわりの男もみんないや。おんなじ作りの人形みたいに踊ってますのよ。娯楽も、宝石も、旅行も、社交界も、あれやこれやの贅沢《ぜいたく》も、わたくし、うんざりしています」

「そうですか。僕などは――」男はおずおずと言ってみた。「お金とはありがたいものだと、いつも思っていましたが」

「もちろん、生きていけるくらいには、なければ困りますわね。でも、もし何百万とあって、それが――」女は言いかけたことを絶望の手つきに置き換えていたが、さらに続けて、「いつものことになってしまうと、もう退屈。ドライブ、ディナー、お芝居、舞踏会、夕食会、そんなものが有りあまるお金の力で、うわべだけ光ってます。シャンパンのグラスで氷がちりんと鳴っただけで、もう気が狂いそうになることも」

パーケンスタッカーは話に釣り込まれたようだ。「裕福な上流の暮らしぶりについては、かねがね読んだり聞いたりして喜んでました。僕も気取り屋なんでしょうかねえ。ただ、まちがった知識は持ちたくないんでうかがいますが、いままでシャンペンはボトルのままで冷やすものだと思っていました。グラスに氷を入れるのではありませんでしょう」

女もこの話をおもしろがって、楽の音のような笑い声をあげた。

「では申し上げておきましょう」悠長にかまえて教える口調になる。「わたくしどものような有閑階級になりますと、前例にとらわれていたら何の楽しみもありませんの。いまはシャンペンに氷を入れるのが流行《はや》りですのよ。もとはタタールの王族がウォルドーフでお食事中に思いつかれたことだとか。どうせまた、すぐに別のことが流行るのでしょうけれど。今週もそんなことがありました。マディソン街の晩餐会《ばんさんかい》で、お料理の隣に緑色のキッド革の手袋が置かれたんです。オリーヴを食べるときは、この手袋をする、っていうことで」

「そうですか」男はおとなしく拝聴した。「そういう上つ方のお遊びは、なかなか下々までは聞こえません」

「わたくし――」と女はわずかに首をうなずかせ、相手の間違いを受け入れてやる。「ときどき思いますのよ。もし男の人を愛するなら、下流の方がよろしいのかもしれません。ぶらぶらしないで働く人。でも、わたくしの意向よりは、階級、財産なんてものが、優先されてしまうのでしょうね。いまだって二人の方に言い寄られてます。一人は、さるドイツの大公で、どこかに奥方がいるとか、いたとか――どっちにしても酒びたりの殿様の狼藉《ろうぜき》にたまらず錯乱なさったという……。もう一人は、イギリスの侯爵《こうしゃく》ですけれど、計算高いばっかりで、それくらいなら悪魔のような大公のほうがまだましかと思ったりもして。あら、わたくしとしたことが、どうしてこんなこと言ってるのかしら。ねえ、パッケンスタッカーさん」

「パーケンスタッカーです」男は息をつくように言った。「それにまあ、私ごときがうかがっても、よくわかる話ではありません」

女は落ち着き払った目を投げた。男との格差を考えれば、そういう目になってもおかしくはない。

「パーケンスタッカーさんは、どういうお仕事をしてらっしゃるの?」

「しがない稼業《かぎょう》です。どうにか世に出たいとは思ってますが。あのう、さっき下々の男を愛してもいいなんておっしゃいましたが、あれは本気ですか?」

「ええ、そうですよ。かもしれない、いい、と申しましたけどね。とりあえず大公や侯爵がいることですし……。でもね、どんな方でも、わたくしの思うような人でいてくださるなら、しがない職業でも何でもかまいませんわ」

「僕は労働者です」パーケンスタッカーは毅然《きぜん》として言った。「レストランで働いてます」

女はぎくりとしたようだ。

「あの、ウエーター、じゃありませんよね」ちょっと聞いておきたいという顔をする。

「いえ、もちろん労働は立派なことですが——でも、人にかしずくっていうか、あの——なんだか家来みたいな……」

「僕はウエーターじゃありません。会計係です。そこの——」公園沿いの道を行ったところに、明るい電飾で**レストラン**の文字が見えていた。「あの店で会計係をやってます」

女は小型の時計を見た。これは贅沢《ぜいたく》なブレスレットに装着して、左の手首に巻いている。それから、そそくさと立ち上がった。腰に下げた華奢《きゃしゃ》なバッグに、読んでいた本を突っ込んだのだが、ちゃんと入る大きさではなかった。

「いま勤務中ではありませんの？」

「きょうは夜の当番なんで、あと一時間は平気です。そのうちまたお会いできるでしょうか？」

「さあ、どうかしら。そうかもしれないし——そういう気にはならないかもしれない。では、もう急がないと。これからディナーがあって、お芝居を見に行って——ああ、いつものことだけど……。ここへいらっしゃるときに自動車を見ませんでした？　あっちに駐《と》まっていますでしょ。白いボディの」

「足回りが赤い？」男は眉根《まゆね》を寄せて考えた。

「ええ。いつも乗ってきますの。あのへんで運転手のピエールを待たせるんです。わたくし、広場の向かいのデパートでお買い物ってことになってますのよ。ほんとに籠《かご》の鳥みたいな生活で、運転手をだまさないといけないくらいですもの。では、おやすみなさい」

「あ、もう暗いですから」パーケンスタッカーという男は言った。「公園には無礼な男もいます。よろしければお送りして――」

「いいえ、少しでもお考えくださるなら」女はきっぱりと言った。「わたくしが歩きだしてから、十分は坐っていてください。あなたをどうこう言うつもりはありませんが、自動車にはオーナーのモノグラムがついていたりしますでしょう？　では、今度こそ、おやすみなさいませ」

女は夕闇《ゆうやみ》をするすると抜けていった。その優美な姿が歩道に達し、車を待たせているという街角へ向かうのを男は見ていたが、それから隠密《おんみつ》行動に転じて、うまく身をかわしながら公園の木々の茂みを走破し、女を視界にとらえつつ、その進路と並行に移動した。

街角へ来た女は、自動車をちらりと見やっただけで素通りし、そのまま道を歩いていった。男は、折よく止まっていた辻馬車《つじばしや》の陰に隠れて、女の動きを目で追った。反対側の歩道へ行った女は、電飾のあるレストランへ入った。よくある派手な構えの店である。白ペンキとガラス張りの店内では、安いものを憚りもなく食っていられよう。女は店の奥まで突っ切って、どこやらの目立たない部屋へ行き、まもなく出てきたときには帽子もヴェールも消えていた。

会計のデスクは正面に近い位置にあった。赤毛の女が時計に鋭い目を投げて、持ち場の椅子《いす》から降りた。あのグレーの服を着た女が交替で坐った。

若い男は両手をポケットに突っ込み、ゆっくりと歩道を後戻りした。街角へ来ると、落ちていたペーパー版の本に足があたって、つつっと芝地の縁まで蹴飛《けと》ばしてしまった。絵柄の目立つ表紙を見れば、さっき女が読んでいた本だとわかる。ひょいと手に取ると、スティーヴンソンなる著者の『新・千夜一夜』という題がついていた。これをまた芝生に放り出し、一分ほど意を決しかねていたが、それから自動車に乗り込むと、のんびり座席にもたれて、ごく短い指示を運転手に発した。

「クラブへ行ってくれ、アンリ」

訳者あとがき

O・ヘンリーといえば、言わずと知れたアメリカの短篇を代表する作家――であるのだが、あまりに知られすぎて不幸だったのではないかとも思える。しっかり読まないうちに知ったつもりになってしまう。あるいは子供向けに書き換えられたものだけで読んだつもりになってしまう。だが、ありがたいことに私たちは英語国民ではないので、原作を翻訳して日本語版を製作する、という形をとって新しい気持ちで読み直すことができる。クラシック音楽や古典芸能のように、すでに過去の上演記録があったとしても、現代の再演によって新たな楽しみを発見できるのではないか。そのように願いつつ、全三冊の予定で、まず一冊目をお届けする。

全部で三八一篇という作品群からどのように選定するかという悩みはあるが、従来の新潮文庫版を一応の目安として、有名な作品は(なるべく)落とさず、いくらか入れ替えることにしたい。

作品の舞台となるのは、まずニューヨークであることが多い。O・ヘンリーが「地下鉄上のバグダッド」と呼んだ大都会、すなわちハドソン川、イースト川という「水にはさまれた」細長いマンハッタンの、二十世紀初頭の暮らしがタイムカプセルになっている。一九〇六年にまとめた短篇集の『四百万』というタイトルは、当時のニューヨークの人口を反映した数字である。都会へ出てデパートの売り子になる若い女も、そのデパートに運転手つきの自家用車で来る客もいる。高層ビルも安宿もある。豪邸に住む人もホームレスもいる。市電や辻《つじ》馬車が走る。看板の文字に電飾が見られるが、室内にはガス灯がともっている。

だが、O・ヘンリーの作品世界は、アメリカの西部や南部、とくにテキサス、あるいは南に国境を越えてメキシコから中米にも広がっている。その背景を知るために、ごく簡単に経歴を記しておく。

一八六二年、ノースカロライナ州グリーンズバロという町で生まれた。本名はウィリアム・シドニー・ポーター。叔母の私塾による教育を受け、叔父のドラッグストアで働いたあと、テキサスでの牧場生活を経験した。それから同州オースチンで、ドラッグストア、不動産会社、土地管理局に勤務し、結婚をして、雑誌に寄稿することもあった。

わずかな期間ながら、諷刺《ふうし》をきかせた週刊新聞『ローリングストーン』を発行したこともある。しかし勤めていた銀行で資金を横領したのではないかという嫌疑をかけられた。次に『ヒューストン・ポスト』の記者になったが、横領容疑の裁判にかけられる直前に、なぜか逃亡してニューオーリンズへ、さらに中米ホンジュラスへ行っている。はたして無実だったのかどうか判然としない。

ともあれ、妻の病状が思わしくないという知らせが逃亡先にも届いて、オースチンへ帰った。その妻を亡《な》くしてから、裁判で五年の刑を言い渡され、オハイオ州の刑務所に収容されたが、模範囚として減刑があり、実際の服役期間は三年三カ月になった（一八九八〜一九〇一年）。

この時期に作家になるための急成長を遂げたと言われる。すでに刑務所内から新聞雑誌に原稿を送るようになり、以後の筆名がO・ヘンリーなのだが、その由来には諸説あって結局はわからないようだ。いずれにせよ犯罪歴のついてしまった本名ではなく、この筆名で新しく作家としての出発をするという意味はあった。

出所後、しばらくペンシルベニア州ピッツバーグで暮らしてから、一九〇二年にニューヨークへ出て旺盛《おうせい》な創作活動に入る。新聞雑誌との契約で短篇を書き続け、まとまった短篇集も出す。一九〇七年に幼なじみと再婚もしているが、過度の飲酒から健康は悪化し、筆力も落ちて、一九一〇年に四七歳で世を去った。つまり実質的に多産な作家として過ごしたのは、短かった生涯では晩年と言ってよい数年だけである。

O・ヘンリーと聞いてすぐに思いつくのは「どんでん返し」のトリックだろう。話の最後にひねりを利《き》かせた予想外の落ちがある。いわゆる“twist ending”の終わり方。たしかに楽しめるもので、誰しも心のどこかでは、O・ヘンリーのような書き方を短篇の基本原理として認めているに違いない。

だが、それだけでは現代の批評家に最高点をつけてもらえない。もし新しい作家が新しい作品を書いて「O・ヘンリーのような」と評されたら、はたして誉められているのかどうか。よく出来ているが定型的だと言われたようで、あまり絶賛された心地にはならないだろう。それでいて、毎年、文芸誌に生産される何千という新作から選《え》り抜きの優秀作が〈O・ヘンリー賞〉受賞作として一冊にまとめて出版され、O・ヘンリーのような書き方をしていようがいまいが、その名を冠した栄誉に浴している。

こういう皮肉な現象は「O・ヘンリーのような」と形容するにふさわしい展開かもしれない。この賞は、優秀な短篇作家を顕彰することを目的として、一九一九年に始まっている。短篇がジャンルとして明確に意識される時代の産物という意味で、二十世紀らしい出来事だったと言えよう。

もちろん実態としては、十九世紀にジャーナリズムが発達して、新聞雑誌という短い作品に適した媒体からの需要があり、短篇はアメリカの文学市場における看板商品として成長したのだったが、これに現代のような「ショートストーリー」の概念が追いついていたのかどうか疑問の余地はあるようだ。

一九〇一年、つまりO・ヘンリーがニューヨークへ出て短篇を書き出す前年に、当時の文壇で権威だったコロンビア大学教授ブランダー・マシューズが、『短篇の哲学』という著書を出した。マシューズは短篇の性質をめぐる議論については半世紀以上も前のポーやホーソーンに依拠しているようだが、いまなお短篇には独自のジャンルとしての意識が確立されていない、しかるべき用語すらできていない、と言っている点がおもしろい。マシューズ自身は、Sを大文字にして単語の間にハイフンを入れて、"the Short-story"という表記をしている。

そういうことであれば、ずっと昔の文章に"short stories"という言葉が出たら、うっかり「短篇」という訳語に飛びつかず、ただ「短い話」とでも書くべきなのかということで、翻訳者には悩みの種が増えるのだが、それはさておき――

O・ヘンリーの死から八年ほどで〈O・ヘンリー賞〉創設の企画が持ち上がった。

その設立の趣旨、また審査の記録を見るかぎり、すでに短篇というジャンル意識は充分にできていたようだ。この時期の新聞記事には、O・ヘンリーについて「現代のアメリカ短篇の名人（the modern master of the American short story）」だったという表現が見られる。それならばO・ヘンリーは短篇が「ショートストーリー」として発展していく二十世紀の一番打者だったと言えそうだが、しかし後続の打線を見ると、まるでチームカラーが変わったようになる。

O・ヘンリー賞の最初の年は、文学史の上ではシャーウッド・アンダーソンが連作短篇集『ワインズバーグ・オハイオ』を刊行した年でもある。このアンダーソンも二十年代に三度の受賞を果たしている。ところがアンダーソンは明らかにO・ヘンリーのようには書かない立場をとっていた。晩年に書いた手紙の中で、自分の作品は「O・ヘンリーのように、きれいにまとめて包装してラベルを貼《は》ったものではない」として、そんな書き方をしたら現実の人生を裏切ることになるとまで言っている。

ここでアンダーソンは若い作家に向けて、出版社が喜んで買ってくれそうなものを書くな、きれいにまとめたら嘘《うそ》になる、とアドバイスしているのだが、引き合いに出されたO・ヘンリーには気の毒なことだ。このあとヘミングウェイが登場するにおよんで、なおさら二十世紀の短篇はO・ヘンリーのようではない方向に進むことになるのだが、ヘミングウェイもまた、その短篇「殺し屋」で〈O・ヘンリー賞〉に選ばれている（一九二七年）。

　どこが違ったのかということを訳者の勝手な譬《たと》えで言ってしまえば、落語のように語るのか、ラジオドラマのように聞かせるか。その後者が二十世紀の主流になったということだ。あまり語り手の存在を意識させずに、もっぱら状況だけが示される。もし皮肉な結果に終わったとすれば、あるいは終わったとさえ思えなくても、それは現実の世界がそうなっているからで、語り手が仕組んだからではない（というように読める）。

　ところがO・ヘンリーは落語家タイプなのである。話の進行をとりしきる語り手の存在が、相当程度に感じられる。話の枕《まくら》のような書き出しも多い。極端な場合には、「春はアラカルト」のように、作者が口をはさんで、話の導入の仕方、途中の進行について注釈をつけている。「ショートストーリー」というよりも、やや古めかしい「テール（tale）」という用語のほうが似つかわしいのかもしれない。これは語源的には「語る（tell）」と近縁で、まさに「語り物」である。かつてはポーもホーソーンもメルヴィルも、自作の「短篇」にテールという語を使っていた。O・ヘンリーは二十世紀のトップバッターというよりは、十九世紀のラストバッターではなかったかと訳者は思う。それが安打製造機なのだった。

いくつもの短篇があって、いくつかの定型がある。ロマンスもの、人情ものといった主題からも、ニューヨーク、西部といった舞台設定からも、金持ち、貧乏人といった人物像からも、たしかにパターン化する傾向は見てとれる。だが、これだけ多くの作品のそれぞれに唯一無二《ゆいいつ》の個性を求めるのは無理なことだ。それよりは作者の話芸、職人芸を楽しんだほうがよい。そして、いくら定型があるとは言いながら、「O・ヘンリーは、ほのぼのした心あたたまる物語を書いた人」という思い込みは避けるべきではなかろうか。

たとえば、心あたたまる代表格のように思われている「賢者の贈りもの」。もちろん、そのように読むこともできる。そのように読むのがよいのかもしれない。しかし皮肉な偶然にもてあそばれる人間、と読めば暗い話にもなる。同時代の自然主義作家たちほどに深刻ではなかろうが、O・ヘンリーの作品にも運命論は読みとれる。自由な意志ではどうしようもない大きな力、つまり運命、偶然、社会環境などに、人間は動かされている。

そのように見た上で、なお作者は人間を突き放さない。とんちんかんな贈りものを交換する若い男女を、たしかに愚かしいと判じながらも、その馬鹿《ばか》な話を肯定してみせる。ほかの作品でも、筋書きそのものは馬鹿な話のオンパレードかもしれない。だが、そういう馬鹿をやらかしている人間に、まあ、こんなものだよ、という目を向けてやる。この作家のユーモア、ペーソスの基盤には、そんな「定型」があるのではないか。すなわち馬鹿な話の肯定――。

二〇一四年十月

小川高義

バーネット
畔柳和代訳

小公女

最愛の父親が亡くなり、裕福な暮らしから一転、召使いとしてこき使われる身となった少女。永遠の名作を、いきいきとした新訳で。

ライマン・フランク・ボーム
河野万里子訳
にしざかひろみ絵

オズの魔法使い

ドロシーは一風変わった仲間たちと、オズ大王に会うために エメラルドの都を目指す。読み継がれる物語の、大人にも味わえる名訳。

ヴェルヌ
村松　潔訳

海底二万里（上・下）

超絶の最新鋭潜水艦ノーチラス号を駆るネモ船長の目的とは？ 海洋冒険ロマンの傑作を完全新訳、刊行当時のイラストもすべて収録。

カポーティ
佐々田雅子訳

冷　血

カンザスの片田舎で起きた一家四人惨殺事件。事件発生から犯人の処刑までを綿密に再現した衝撃のノンフィクション・ノヴェル！

サリンジャー
村上春樹訳

フラニーとズーイ

どこまでも優しい魂を持った魅力的な小説……『キャッチャー・イン・ザ・ライ』に続くサリンジャーの傑作を、村上春樹が新訳！

カポーティ
川本三郎訳

夜の樹

旅行中に不気味な夫婦と出会った女子大生。人間の孤独や不安を鮮やかに捉えた表題作など、お洒落で哀しいショート・ストーリー9編。

Title : THE BEST SHORT STORIES OF O. HENRY Ⅰ
Author : O. Henry

賢者《けんじや》の贈《おく》りもの

O・ヘンリー傑作選 Ⅰ

新潮文庫　　オ－2－4

Published 2014 in Japan
by Shinchosha Company

平成二十六年十二月一日発行
平成二十九年十一月十日三刷

訳者　小《お》川《がわ》高《たか》義《よし》
発行者　佐藤隆信
発行所　株式会社新潮社
郵便番号　一六二―八七一一
東京都新宿区矢来町七一
電話 編集部(〇三)三二六六―五四四〇
読者係(〇三)三二六六―五一一一
http://www.shinchosha.co.jp

価格はカバーに表示してあります。

乱丁・落丁本は、ご面倒ですが小社読者係宛ご送付ください。送料小社負担にてお取替えいたします。

印刷・錦明印刷株式会社　製本・錦明印刷株式会社

ISBN978-4-10-207204-2 C0197